Monsieur Paillot im Nirgendwo
Land und Leute aus der Sicht eines Revolutionsflüchtlings
am Vorabend des Reviers

herausgegeben von
Werner Bergmann und Werner Boschmann

Henselowsky
Boschmann

Die drei kennen sich: Die beiden Herausgeber dieses Buches, Werner Bergmann und Werner Boschmann, persönlich seit ihrem Studium Anfang der 1970er Jahre an der Ruhr-Universität Bochum; der eine blieb dort und wurde apl. Professor für Mittelalterliche Geschichte; der andere wurde Lehrer. Beide verbrachten ihr Leben natürlich weitestgehend im Ruhrgebiet, haben ihr „eigentliches" Arbeitsleben beendet und freuen sich, in ihrem „uneigentlichen" Monsieur Paillot näher kennengelernt zu haben. Denn der hat Mitte der 1790er Jahre die Altvorderen der Region besucht. Monsieur Paillot musste gezwungenermaßen seine Heimat verlassen und warf einen äußerst kritischen Blick auf das, was am Vorabend des Reviers so kreuchte und fleuchte. Nichtsdestotrotz sind die beiden Herausgeber ihm dankbar für die vielen, oft ungewöhnlichen und überraschenden Eindrücke vom Nirgendwo. Merci, Monsieur Paillot!

© Verlag Henselowsky Boschmann
Schützenstraße 31 · 46236 Bottrop
post@vonneruhr.de · www.vonneruhr.de
2. Auflage 2020
ISBN 978-3-942094-34-4
Druck: Friedrich Pustet GmbH & Co. KG, Regensburg
Abbildung auf dem Umschlag: Benedict Anton Berger,
Dortmund von der Südseite, 1804; Öl auf Leinwand.
Inv.-Nr. D 23. © Mit freundlicher Genehmigung des
Museums für Kunst und Kulturgeschichte Dortmund.

Inhaltsverzeichnis

Monsieur Paillot im Nirgendwo
von Werner Bergmann

Die Französische Revolution von 1789 wird seit Generationen als Geburtsstunde der modernen Demokratie gefeiert und vielfach als Beginn der Moderne oder auch Neuzeit angesehen. Wir verdanken ihr prinzipiell nicht nur unser politisches System, sondern auch viele Neuerungen, die bis heute Gültigkeit haben, so das Maßsystem – der Meter als 40-millionster Teil des Erdumfangs und das Gewichtssystem kg = ein Kubikdezimeter Wasser, um nur zwei Beispiele zu nennen –, aber auch das Papiergeld, das sich erst Jahrzehnte später in den anderen Ländern durchsetzte.

Von den Neuerungen hat sich einzig der Revolutionskalender nicht durchsetzen können. Kalender und Zeitmessung waren zu sehr mit der Religion verhaftet, die sich trotz aller Bemühungen der Revolutionäre behauptete, so dass man recht bald zum christlichen Gregorianischen Kalender zurückkehrte, der im Übrigen eine größere Zahl von arbeitsfreien Festtagen gewährte.

Vor dem Hintergrund all der Errungenschaften dieser bis heute gefeierten Revolution – ihr Beginn mit der Erstürmung der Bastille ist immer noch der französische Nationalfeiertag – verblassen die höchst negativen Ereignisse, die in Folge das europäische Festland erschütterten und über Jahre beschäftigten, angefangen von den Eroberungskriegen der Revolutionstruppen bis hin zur Schreckensherrschaft, die mit dem Namen Robespierre verbunden wird. Ohne juristische Verfahren oder viel Federlesen enteignete man Klerus und Adel und entledigte sich der unliebsamen Vertreter dieser Stände, indem man ihnen kurzerhand den Kopf vor die Füße legte. Grausiger Höhepunkt dieser Massenschlächterei war die Enthauptung Ludwigs XVI. und seiner Ehefrau Marie-Antoinette, einer Tochter der österreichischen Kaiserin Maria Theresia, welche die europäischen Herrscherhäuser gegen die Revolution ganz besonders aufbrachte.

Der von der Revolution bedrängte Adel und die Geistlichkeit suchten ihr Heil in der Flucht, vornehmlich in die östlich benachbarten Länder, in denen sie das Intermezzo des Terrors abzuwarten gedachten. Zum einen hatte man ganz offensichtlich hinreichend Zeit, die „Flucht" vorzubereiten, man reiste vielfach mit „Sack und Pack" und Dienerschaft, vor allem aber mit gut gefüllter Geldbörse. Eine weitere Fluchtwelle – jetzt Angehörige des bürgerlichen Standes – setzte 1793 ein, als man die Inhaber öffentlicher Ämter nicht nur ihrer Ämter für verlustig erklärte, sondern auch mit dem Tode bedrohte.

Der Verfasser des vorliegenden Tagebuchs, Pierre-Hippolyte-Léopold Paillot, Mitglied des Magistrats von Condé, einem Städtchen an der nördlichen Grenze Frankreichs, suchte deswegen ebenfalls sein und das Heil seiner Familie in der Flucht. Der ganz offensichtlich wohlhabende Gerbermeister und wohl auch Kaufmann, dessen Wohnhaus getrennt war von Warenlager und Gerberei (dieses Handwerk war wenig angesehen, da es Gestank und Dreck verbreitete), ging mit großem Gepäck auf die Reise. Neben dem Fuhrwerk, das Teile seines Hab und Gutes sowie seine Familie (Frau und drei kleine Kinder) transportierte, reiste das Familienoberhaupt im einspännigen Cabriolett, einer einachsigen, zweirädrigen Kutsche, in der lediglich zwei Personen Platz fanden. Des Weiteren ließ er sich von einem Teil seiner Bediensteten (drei Mägden und zwei Dienern) begleiten. Ganz offenbar suchte er eine zeitlich absehbare Zuflucht im angrenzenden östlichen Ausland, in dem er – finanziell durchaus gut ausgestattet – abzuwarten gedachte, bis der Spuk der Revolution mit ihrer Schreckensherrschaft beendet wäre. In der Tat dauerte das „Exil" der Familie Paillot nur rund 16 Monate, von Ende Juni 1794 bis Anfang November 1795, nachdem das Familienoberhaupt einige Monate zuvor bereits sein Eigentum in Condé wieder in Besitz nehmen konnte.

Die Ereignisse ab 1792 und besonders die Schreckensherrschaft Robespierres lösten einen Exodus größeren Ausmaßes aus, der zunächst die linksrheinischen Territorien überschwemmte und mit dem Vordringen der Revolutionsarmee bis zum Rhein im Herbst 1794 die Flut der französischen Emigranten in die rechtsrheinischen Gebiete, in das Herzogtum Berg, das Vest Recklinghausen, das Herzogtum Westfalen und das Königreich Preußen, weitertrieb.

Die Administration der genannten Regionen stand dem ungewohnten Flüchtlingsproblem durchaus ambivalent gegenüber, schwankend zwischen Ablehnung und Solidarität. Einerseits brachten die Flüchtlinge überwiegend Geld ins Land, andererseits wurden sie als Angehörige der Oberschicht als Nichtstuer, Verschwender und Müßiggänger angesehen, deren längerer Aufenthalt als verderblich betrachtet wurde. Freiherr vom Stein fasste treffend zusammen: „Sie [die Emigranten; Anm. d. Verf.] sind aus einer an Wohlleben und Geschäftslosigkeit gewöhnten Menschen Classe, die mit keiner Art von Erwerbsmitteln bekannt sind, und deren Beyspiel von Leichtsinn, Müßiggang, von Ausschweifung größtenteils einen sehr schädlichen Einfluß hat."

So nimmt es nicht wunder, dass man den Flüchtlingen vielfach nur einen begrenzten Aufenthalt gewährte und diese so zwang, von einem Territorium ins andere zu wechseln, was allerdings bei der vielfältigen Kleinstaaterei unserer Region kein großes Problem war.

Das Vest Recklinghausen, in dem sich die Familie Paillot vornehmlich aufgehalten hat, gehörte zum Erzbistum Köln, dessen Kurfürst und Erzbischof Maximilian Franz von Österreich, Bruder der bedauernswerten Marie-Antoinette, eine durchaus ablehnende Haltung gegenüber den aus Frankreich hereinströmenden Flüchtlingen und Emigranten hatte. Besonders den Adeligen machte er zum Vorwurf, dass sie sich nicht schützend vor das Königtum gestellt, sondern ihr Heil in der Flucht gesucht hätten. Er bezeichnete sie despektierlich als „Emigrégeschmeiß", deren dauernder Aufenthalt die Sitten der bäuerlichen Bevölkerung korrumpiere, und verfügte, dass den französischen Emigranten lediglich die Durchreise bei einem Aufenthalt von vierundzwanzig Stunden gestattet sein solle. Die an Köln angrenzenden, ebenfalls mit dem Flüchtlingsproblem konfrontierten Kleinstaaten und auch Preußen beschränkten mit ähnlichen Begründungen – bis hin zum befürchteten Anstieg der unehelichen Geburten – den Zuzug und Aufenthalt der Revolutionsflüchtlinge, ohne dass es jedoch gelang, dies nachhaltig durchzusetzen.

Abbé Baston, einer der wenigen, die neben Paillot über die Ereignisse ihres Aufenthaltes in der Fremde ausführlich berichten, fasst die Regelungen der Administrationen wie folgt zusammen: „Und glauben sie nicht, dass das ganze Land uns offengestanden hätte für unseren Rückzug und die Wahl des Wohnortes. Dort nahm man uns nur für vierundzwanzig Stunden auf, hier gewährte man uns kaum die Erlaubnis, über Nacht zu bleiben, anderswo gestand man uns nicht einmal den Durchgang zu. Man musste auf langen Umwegen all diese verschlossenen Gebiete vermeiden, die ein unbarmherziger Gürtel von Wachtposten umgab, die Weisung hatten, uns ohne Erbarmen zurückzuweisen, als wenn wir im Gepäck die Pest oder das gelbe Fieber mitgeschleppt hätten. […] Der Kaiser verschloss uns alle seine Länder. […] Ein großer Teil der kleinen deutschen Fürsten befolgte aus eigenem Entschluss oder gezwungen das Beispiel der Großmächte."[1]

Die Bevölkerung – zumindest die unteren Schichten – entwickelten ein ambivalentes Verhältnis zu den französischen Flüchtlingen. Zum einen verachtete man deren häufig zur Schau gestellte Arroganz und Hochnäsigkeit, mit der diese auf die bäuerlich geprägte Gesellschaft des Gastlandes herabblickten; zum anderen brachten sie Geld und unerwartete Verdienstmöglichkeiten ins Land. Die unteren Schichten vermieteten Unterkünfte, verkauften Nahrungsmittel und boten Dienstleistungen an, die sie sich entsprechend gut bezahlen ließen. Der Osterfelder Pfarrer Terlunen beschrieb dies in seiner Pfarrchronik folgendermaßen: „Die französische Revolution überschwemmte hier weit und breit Städte, Dörfer und Bauernschaften mit Auswanderern aus Frankreich und Brabant. Bischöfe, Prelaten, Pfarrer und Hülfsgeistliche hatten sich überall eingemietet, so dass das kleine Osterfeld 20 Ausländische Geistliche besaß, Fürsten, Grafen und sonstige reiche Leute mietheten sich überall ein, die Fruchtpreise stiegen bis zu 30 Thr. klewisch der Roggen, Geld war aber in Hülle und Fülle, die Bauern baueten sich neue Häuser und worden fast übermüthig, und sagten grade aus – Der Bauern Gott regiert."[2]

Entgegen den restriktiven Regelungen und Anweisungen der Administration[3] beließ man die Flüchtlinge in der Region, beherbergte und versorgte sie, allerdings dies zum eigenen finanziellen Vorteil und ohne dass die weit verbreiteten Vorurteile grundsätzlich aufgegeben wurden. Ein literarisches Beispiel für diese lieferte Allvater Goethe, der nach seiner weltberühmten Beschreibung der Kanonade von Valmy seine Reise nach Münster beschrieb, in deren Verlauf er in einem Gasthof in Duisburg im November 1792 auf französische Emigranten traf und dem Wirt im Umgang mit diesen „aufs Maul" schaute:

„Und so fand ich mich denn abermals, nach Verlauf von vier Wochen, zwar viele Meilen weit entfernt von dem Schauplatz unseres ersten Unheils, doch wieder in derselben Gesellschaft, in demselben Gedränge der Emigrierten, die nun, jenseits entschieden vertrieben, diesseits nach Deutschland strömten, ohne Hülfe und ohne Rat. […] Etwa in der Hälfte des Mittagmahles kam noch ein hübscher junger Mann herein, ohne ausgezeichnete Gestalt oder irgend ein Abzeichen; man konnte an ihm den Fußwanderer nicht verkennen. Er setzte sich still gegen mir über, nachdem er den Wirt um ein Kuvert begrüßt hatte, und speiste, was man ihm nachholte und vorsetzte, mit ruhigem Betragen. Nach aufgehobener Tafel trat ich zum Wirt, der mir ins Ohr sagte: ‚Ihr Nachbar soll seine Zeche nicht teuer bezahlen!' Ich begriff nichts von diesen Worten; aber als der junge Mann sich näherte und fragte, was er schuldig sei, erwiderte der Wirt, nachdem er sich flüchtig über die Tafel umgeschaut, die Zeche sei ein Kopfstück. Der Fremde schien betreten und sagte: das sei wohl ein Irrtum, denn er habe nicht allein ein gutes Mittagsessen gehabt, sondern auch einen Schoppen Wein; das müsse mehr betragen. Der Wirt antwortete darauf ganz ernsthaft: er pflege seine Rechnung selbst zu machen, und die Gäste bezahlten gerne, was er fordere. Nun zahlte der junge Mann, entfernte sich bescheiden und verwundert; sogleich aber löste mir der Wirt das Rätsel. ‚Dies ist der erste von diesem vermaledeiten Volke', rief er aus, ‚der schwarz Brot gegessen hat; das mußte ihm zugute kommen.'"

Dieser von Goethe beschriebene junge Mann war sicher eine Ausnahme. Die Mehrzahl der erhaltenen Nachrichten der Hiesigen über das Verhalten der Emigranten fiel wesentlich negativer aus. Hier sei als Beispiel der Bericht des Osterfelder Pfarrers Friedrich Rohan Wesener (Pfarrer von 1774 bis 1804) erwähnt, der über eine Gruppe französischer Adeliger berichtete, die im Schloss Oberhausen (allerdings dem Vorgängerbau des heutigen Schlosses) Zuflucht gefunden hatten. Ihm zufolge vergnügten sich die aus Frankreich geflüchteten Damen und Herren mit rauschenden Festen, Trinkgelagen, Jagden und Müßiggang und verdarben mit ihrem schlechten Beispiel die guten Sitten der Schäfchen seiner Gemeinde.

Ein ganz besonderer Dorn im Auge des Pastors war eine junge Dame namens Hortense Riché, ein wohl etwas extravagantes, vermutlich auch leichtlebiges weibliches Wesen, das sich nicht allein mit ihren Landsleuten amüsierte, sondern auch größere Aufmerksamkeit der männlichen Gemeindemitglieder erregte. Der Pastor berichtete mit klammheimlicher Genugtuung, dass als gleichsam gerechte Strafe für ihren lockeren Lebenswandel sie mit Krankheit geschlagen wurde, weshalb sie reumütig durch Beichte in den Schoß der Mutter Kirche zurückfand. Als sie ihr letztes Stündlein nahen spürte, übersandte sie dem Pfarrer ihren gesamten Schmuck und Wertgegenstände mit der Bitte, für sie entsprechende Seelenmessen zu lesen, und verstarb, versehen mit den Tröstungen der Kirche. Sie erhielt ein christliches Begräbnis und wurde auf dem Osterfelder Friedhof bestattet. Folgt man der Heimatforschung, so war dieses Grab noch bis zur Mitte des 20. Jahrhunderts dort vorhanden.[4]

Grundsätzlich ist festzuhalten, dass die emigrierten Franzosen ihren Aufenthalt hier in der Region durchgängig und beinahe ausschließlich als vorübergehendes Asyl betrachtet haben. Sie bemühten sich weder um die Überwindung der Sprachbarriere, noch suchten sie nach Möglichkeiten, durch irgendwelche beruflichen Aktivitäten ihren Lebensunterhalt zu sichern. So ist es auch zu erklären, dass die meisten nach dem Ende der Schreckensherrschaft der Jakobiner und der annähernden Normalisierung der Lebensumstände in Frankreich in ihr Heimatland zurückkehrten, so auch die beiden Protagonisten Abbé Baston und Paillot, die uns mit ihren Aufzeichnungen einen Einblick in die Emigrantenschicksale hier in der Region ermöglicht haben.

Die wenigen, die hier im Exil verblieben, hatten meist besonders schwerwiegende Gründe, ein dauerhaftes Aufenthaltsrecht anzustreben, wie es zum Beispiel Jean Baptiste Marquis de Vauchaussade tat, der sein weiteres Leben in Bottrop verbrachte. Während seines Aufenthaltes lernte er die Schwester des Essener Stiftsherrn Johann Ignaz Devens, damaliger Verwalter der Knippenburg bei Bottrop, kennen und lieben und heiratete diese im Sommer 1794.[5] Vermutlich wird das Ganze weitaus banaler gewesen sein. Er hatte die für damalige Verhältnisse nicht mehr ganz junge Frau (sie war 28 zu dem Zeitpunkt) geschwängert und sah sich wohl als Kavalier verpflichtet, sie zu ehelichen, zumal sie eine „gute Partie" war. Wie dem auch sei, vier Monate nach der Hochzeit wurde das gemeinsame Kind geboren.

Die Familie Paillot hingegen ging wie die Mehrheit der Emigranten davon aus, dass ihr Aufenthalt in der Fremde nur kurzzeitig andauern würde. Man bemühte sich weder um die Sprache noch um irgendwelche sozialen Kontakte, vielleicht abgesehen von den Vermietern der Zimmer und Wohnungen, in denen man untergekommen war. Man blieb unter sich.

Während des weiteren Zurückweichens vor der Revolutionsarmee verließ sich Paillot auf die Ratschläge von Landsleuten, und so er Exkursionen und Ausflüge machte, gab es an den Anlaufpunkten stets Leidensgenossen, Verwandte oder zumindest Bekannte. Nur auf diese Weise lässt sich sein scheinbarer Irrweg durchs Revier erklären. In der Vorbereitung eines weiteren Zurückweichens unternahm er gar eine Reise von Düsseldorf nach Dorsten, mietete dort eine Wohnung, die er allerdings nicht bezog, weil er – Ratschlägen anderer Emigranten folgend – Domizile in Essen, Dortmund und schließlich Hagen fand.

Kontakte zu den Einheimischen und zu seiner Umgebung wurden weitgehend vermieden und waren im Wesentlichen auf Versorgung und Unterbringung beschränkt. Seine Beurteilung von Menschen, Dörfern und Städten wurde durchweg mit negativen Attributen belegt, so dass der Eindruck entsteht, dass er eine Region durchquerte, die schmutzig, dreckig und zurückgeblieben ohne jedwede Kultur und Vergnügungsmöglichkeiten vor sich hin vegetierte. Selbst die Stadt Köln hatte für Monsieur Paillot „nichts Sehenswertes anzubieten. Die Straßen sind sehr eng und dreckig". Duisburg hatte „nur altes Zeug zu bieten". Mülheim war „schlecht gebaut", und Essen hatte ein „unangenehmes und trauriges Aussehen", um nur wenige Beispiele zu nennen.

Man könnte diese Sichtweise möglicherweise verstehen, wenn Monsieur Paillot aus einer Weltstadt wie Paris hierhin zu uns gekommen wäre, aber er kam aus Condé, einem Festungsstädtchen im äußersten Norden Frankreichs mit ein paar hundert Einwohnern, das weder durch herausragende Architektur noch Kultur hervorstach. Auch die Lebensumstände werden dort ähnlich und vergleichbar denen in den hiesigen Städten gewesen sein, so dass die von Paillot übermittelten Eindrücke höchst subjektiv eingefärbt waren. Sein Blick auf Land und Leute seines Exils beschränkte sich weitgehend auf das Negative, und herausragende Besonderheiten werden gleichsam gleichmütig am Rande erwähnt. Dies mag unterschiedliche Gründe haben. Es besteht zum einen die Möglichkeit, dass alles, was nicht „Condé" war, Monsieur Paillot – ähnlich der „beste aller Welten" in Voltaires „Candide"[6] – negativ erschien, zum anderen mag auch die Absicht zugrunde gelegen haben, durch solche Negativa die Schwere des Emigrantenloses zu unterstreichen. Es erscheint für ihn unerheblich, unter welchen Umständen und wohin er sein Haupt bettet, es ist immer nirgendwo und irgendwie negativ, da es nicht seine Heimatstadt Condé ist.

Es bedarf also nicht der „Ehrenrettung" der Menschen, Dörfer und Städte unserer Region, um das wenig schmeichelhafte Bild, das uns Monsieur Paillot übermittelt, zu relativieren. Er hat viele Dinge nicht gesehen, erblickt und nicht erkannt oder einfach nicht zur Kenntnis genommen. Das mag daran gelegen haben, dass er gezwungen war, sich in einer sozialen Schicht zu bewegen, mit der er in seiner Heimatstadt kaum oder keinen Kontakt hatte, oder es besteht auch die Möglichkeit, dass sie seinen Erfahrungshorizont überschritten. Dies lässt sich an vielen Einzelheiten verifizieren. Auf dem Weg nach Dorsten führte ihn der Weg vorbei an der St.-Antony-Hütte, die er als „Schmieden" bezeichnete. In Dortmund heizte er mit Steinkohle, die einen wesentlich besseren Brennwert besitzt als das ihm geläufige Holzfeuer. Er nahm nicht zur Kenntnis, dass Duisburg eine Universität besaß, für die Goethe zwei Jahre zuvor extra Station in Duisburg gemacht hatte, dass Essen bereits Verlag und Buchhandlung aufwies und in Bochum der berühmte Kortum als Mediziner praktizierte, um nur einige wenige Beispiele zu nennen.

Ohne jede Hervorhebung beschreibt Monsieur Paillot im Zusammenhang mit seinem Umzug nach Hagen eine technische Innovation, die bis auf seine Zeit eigentlich nur zum Transport von Kohle bekannt war: einen hölzernen, mit Eisenplatten belegten Schienenfahrweg. Bislang bekannt ist nur der sogenannte Rauendahler Schiebeweg, ein etwa 1,6 Kilometer langer Schienenstrang, auf dem die Kohle in der Gegend von Hattingen zur Verladestation am Ruhrufer gebracht wurde. Dieser wurde auf Anregung und unter Federführung des Bergrates Eversmann aus Hagen 1787 ins Werk gesetzt. Es muss aber – folgt man Paillots Bericht – eine Strecke zwischen Dortmund und Hagen gegeben haben, die ganz offensichtlich nicht allein dem Kohletransport vorbehalten war, sondern auch für den privaten Gebrauch genutzt werden konnte. Außerdem muss es sich um eine längere Strecke gehandelt haben. Für wenige Kilometer hätte sich die im Folgenden berichtete Veränderung der Spurbreite seiner Kutsche sicherlich nicht gelohnt. Es ist anzunehmen, dass der so beschriebene Schienenweg zumindest von Dortmund bis zur Ruhr führte. Paillot berichtet darüber, als ob es für ihn völlig selbstverständlich gewesen wäre:

„Ich wollte mich unter anderem vergewissern, ob der Weg, der aus mit Eisen beschichteten Holzschienen bestand, gut befahrbar war. Die Strecke war sehr schön. […] Ich ließ mein Kabriolett auf die hiesige Schienenbreite umstellen."

Das Abenteuer des Monsieur Paillot im Nirgendwo unserer Region erstreckte sich zeitlich von Juli 1794 bis Juli 1795, also ziemlich genau über ein Jahr. Nachdem ihm Düsseldorf wegen der heranrücken Revolutionstruppen zu unsicher geworden war, unternahm er zunächst im September des Jahres 1794 eine Reise nach Dorsten, um dort eine Wohnung zu mieten. Sein Weg führte über Duisburg, über die Ruhr auf dem alten Postweg zwischen dem Kloster Sterkrade und Osterfeld über die Heide nach Dorsten; zurück wählte er die Strecke über Bottrop, Osterfeld und Mülheim und von dort nach Derendorf. Nach der Kanonade auf Düsseldorf Anfang Oktober zog die Familie über Ratingen nach Mülheim und war vier Tage später in der Stadt Essen. Der Aufenthalt in Essen war nur von kurzer Dauer, das Urteil Paillots über diese Stadt eindeutig: „Während meines Aufenthaltes in dieser trostlosen Stadt versuchte ich, irgendetwas Sehenswertes zu entdecken; aber überall erblickte ich nur die größte Unsauberkeit."

Der weitere Weg führte ihn über Steele („eine schöne Schule und eine Glasbläserei"), Bochum („klein und etwas mittellos") nach Dortmund („keine Vergnügungsmöglichkeiten"), wo man den äußerst strengen Winter 1794/95 verbrachte und die Vorzüge des Heizens mit Steinkohle kennenlernte.

Im April wechselte man noch einmal den Wohnort und zog nach Hagen in das Haus eines Chirurgen um, da sich hier angenehmere Wohnverhältnisse und bessere Versorgungsmöglichkeiten boten. Wie schon an den anderen Aufenthaltsorten verbrachte Paillot seine Zeit damit, sich mit Landsleuten zu treffen, die nähere und weitere Gegend durch kleine Reisen und ausgedehnte Wanderungen zu erkunden sowie gelegentlich seine Kinder mit Hilfe des Katechismus zu unterrichten. Als die Nachricht der Möglichkeit zur Rückkehr ihn im Juli des Jahres 1795 erreichte, brach er postwendend Richtung Heimat auf. Auf seinem Weg nach Hause setzte er seine Tagebuchführung fort und beschrieb die Dörfer und Städte, die auf seinem Weg lagen. Auffällig ist jedoch an seinen Berichten, dass jetzt praktisch keine der üblichen negativen Attribute mehr verwendet wurden. Jetzt waren die Städte plötzlich „sehr schön", die Häuser „mit französischem Geschmack" gebaut, und es lebten hier „brave Leute, was ich mit Freude feststellte". Die Orte werden de facto nicht wesentlich anders ausgesehen haben als die der Region zwischen Ruhr und Lippe, jedoch sah sie Paillot jetzt – in Erwartung der Heimkehr – mit ganz anderen Augen.

Zurück in Condé, war Monsieur Paillot ein ganz anderer, ein tatkräftiger Mensch, der alles in die Wege leitete, um wieder zu seinem Eigentum zu gelangen und die Heimfahrt seiner Familie vorzubereiten. Seine Rückkehr aus dem Nirgendwo des Auslands und den dortigen Aufenthalt mochte er empfunden haben, wie es Fontane ein halbes Jahrhundert später in einem Gedicht formulierte: „Wo immer die Welt am schönsten war, da war sie öd und leer."[7] Wenn man also Monsieur Paillots folgende Beschreibung unserer Region und seines einjährigen dortigen Aufenthalts liest, so wird man seine Sichtweise und Seelenverfassung zu berücksichtigen haben. So ganz hinterwäldlerisch, wenig kultiviert, unsauber und wenig freundlich, wie sie in den Augen unseres Protagonisten erschienen, sind unsere Vorväter realiter sicherlich nicht gewesen. Dennoch ist es unbestreitbar, dass sie der zugegeben kargen Landschaft ihren Lebensunterhalt in schwerer Zeit hart abringen mussten. Außerdem gab es mit Duisburg, Essen und Dortmund durchaus Städte, die vergleichbar mit Condé waren, es gab Klöster, Kirchen und weitere klerikale Einrichtungen, Herrenhäuser und Schlösser, selbst eine Universität, die dem Blick des französischen Emigranten entgangen waren. Vor allem stand unsere Gegend am Anfang der Industrialisierung, die erste Eisenhütte war seit einigen Jahrzehnten in Betrieb und fertigte gusseiserne Waren, im Ruhrtal grub man seit Jahrzehnten nach Steinkohle, deren Vorzüge Monsieur Paillot kennen und schätzen lernte. Er konnte gar auf seinem Weg von Dortmund nach Hagen mit seinem Kabriolett einen Schienenweg nutzen, eine Neuerung, die es sicherlich zuvor in Condé nicht gegeben hatte.

Alles in allem gehörte das Revier nur zum Teil in den Sack, in den es der französische, temporär Vertriebene gesteckt hat. Sehen wir es ihm nach, dass dem in schwieriger Situation in einem ungeliebten fremden Land zum Aufenthalt Gezwungenen nur die wenig schmeichelhaften Dinge in die Feder geflossen sind.

[1] Zitiert nach Weber, H., Coesfeld um 1800 – Erinnerungen des Abbé Baston, Beiträge zur Landes- und Volkskunde des Kreises Coesfeld 3, 2. Aufl. 1980, S. 28.

[2] Terlunen, J., Chronik der Pfarre St. Pankratius zu Osterfeld, S. 12.

[3] Diese sind gesammelt herausgegeben von Veddeler, P., Französische Emigranten in Westfalen 1792 – 1802, Veröffentlichungen der Staatlichen Archive des Landes NRW, Band 28, 1989, S. 113 – 322.

[4] Vergleiche Oberhausener Heimatkalender „Praktikus" 1955, S. 32.

[5] Biskup, H., Schicksale französischer Emigranten zwischen Emscher und Lippe, in: Thormann, Franken und Franzosen im Vest 1773 bis 1813, S. 113f.

[6] Voltaire, Candide ou l'optimisme, eine satirische Novelle, in welcher der Magister Pangloss Westfalen und Münster stets als „die beste aller Welten" ansieht, obwohl man die bedeutendsten Städte und Regionen besucht. Die erste deutsche Übersetzung erschien unter dem Titel: Candide oder die beste aller Welten.

[7] Theodor Fontane: Archibald Douglas: „Ich hab es getragen sieben Jahr und kann es nicht tragen mehr …"

Pierre-Hippolyte-Léopold Paillot
Journal d'un émigré
übersetzt von Luc le Gall

Aufbruch ins Ungewisse

Am 28. Juni 1794 um halb fünf Uhr morgens brachte ein Bote Fräulein Paillot, unserer Tante, die sich seit ihrer Flucht bei uns aufhielt, einen Brief ihrer Eltern, in dem stand, dass sie sich um zwei Uhr nachts auf den Weg nach Leuven machen würden und dass sie von da aus dorthin gehen würden, wohin die Vorsehung sie führen würde. Ohne Erklärung über die Umstände erzählten sie nur, dass die Gefahr groß sei.

Diese Nachricht traf uns alle wie ein Donnerschlag. Ich kümmerte mich zuerst um die Abreise meiner Tante, die von den Ereignissen so betroffen war, dass sie alleine nichts unternehmen konnte. Ich mietete für sie einen Wagen, und ich tat gut daran, dies noch am frühen Morgen zu erledigen, denn später hätte ich mit Sicherheit keinen mehr gefunden, so groß wurde der Andrang der Emigranten. Um halb sieben brach sie nach Leuven auf.

Erst nach ihrer Abreise kam ich dazu, mich um unsere eigene zu kümmern. Ich musste Vorbereitungen für meine im siebten Monat schwangere Frau und meine vier kleinen Kinder treffen. Das älteste war ein sechsjähriges Mädchen und das jüngste, ein sechzehn Monate altes Mädchen, hatte den Tod auf den Lippen. Wie groß das Opfer auch sein mochte, ich musste mich damit abfinden, mein jüngstes Kind zurückzulassen.

Ich bat meine in der Vorstadt wohnende Schwester Iphigenie darum, sich mit einer ihrer Dienerinnen in meinem Haus einzurichten. Die Gerberei vertraute ich meinen Dienern an. Und endlich um halb sechs Uhr abends verließ ich mein Haus, in dem mein Kind im Sterben lag, begab mich auf den Weg in ein Exil, dessen Ende ich nicht vorhersehen konnte. Ein Karren, auf dem die drei anderen Kinder und eine Dienerin Platz gefunden hatten, beförderte mein Gepäck. Ich und meine Frau folgten im Kabriolett[8].

In Péruwelz machte ich Halt bei meinem Schwiegervater, Herrn Dubuisson. Mein Freund und Schwager Bernard Dubuisson hatte Wert darauf gelegt, uns zu begleiten, und auch Herr de Gheugnies, der ehemalige Vogt, der ebenfalls darum gebeten hatte, sich uns anzuschließen, traf mit seiner Frau gegen Mitternacht ein. Hinzu kamen noch sein Bruder Amé de Gheugnies und seine Schwester, Fräulein Auguste.

Durch weitere Ankömmlinge wurde der Zug noch größer und setzte sich endlich in Bewegung durch die Straßen des schlafenden Dorfes. An dessen Spitze fuhr ein Kastenwagen, von vier Pferden gezogen, mit dem Gepäck von Herrn de

Gheugnies. Hinter drei Zugpferde gespannt, folgte unmittelbar dahinter sein Wagen, in dem er, seine Frau, seine zwei Töchter und der jüngste seiner Söhne saßen. Dann kamen mein Karren, auf dem meine Kinder und die Dienerin Platz gefunden hatten, dann der von Schwager Dubuisson und am Ende das Kabriolett, in dem ich und meine Frau reisten. Diejenigen, die zu Fuß waren, erholten sich abwechselnd in den Wagen. Bei Tagesanbruch, in Leuze, begannen wir, uns miteinander bekannt zu machen. Die Fremden, die sich der Kolonne angeschlossen hatten, waren die beiden Herren de Ruesnes, der Abt Cloet und Herr Melun, sein Neffe, sowie Herr Augustin du Buat.

Der Weg war schon voll von unglücklichen Bewohnern, die wie wir ihren Wohnsitz fluchtartig verließen, um sich in ein unbekanntes Land zu stürzen. Der Staub, aufgewirbelt von den unzähligen Wagen vor und hinter uns, war so dicht, dass wir die an diesem Tag glühende Sonne kaum sehen konnten. Wir haben sehr darunter gelitten.

Schließlich erreichten wir Enghien. Die Gasthäuser waren so überfüllt, dass wir nichts zum Abendessen fanden. Wir fuhren eine halbe Meile weiter. Unterwegs hörten wir in der Nähe Kanonen. Sie erschreckten uns, und ich persönlich fürchtete, dass unsere Fahrt bald unterbrochen werden würde. Zum Glück erwies sich unsere Furcht als unbegründet. Und so kamen wir in Hal an, wo bereits viele Emigranten eingetroffen waren.

Diese Stadt war bis auf die Speicher voll von Menschen, so dass es unmöglich gewesen wäre, auch nur einen einzigen von uns unterzubringen. Wir gingen über gut eine halbe Meile von Tür zu Tür, ohne eine Unterkunft zu finden, nicht einmal für unsere Pferde. Abgesehen von den Flüchtlingen, die von allen Seiten zuströmten, drängte sich im ganzen Tal zwischen Hal und Brüssel eine große Menge von Truppen, Pferden und Kriegsmaterial, die alle Pferdeställe der Umgebung füllten. Während wir uns zwischen alledem einen Weg zu bahnen versuchten, hörten wir weiter den Kanonendonner, und wir konnten beobachten, wie die Dragoner ihren Pferden eilig die Zügel anlegten. Dies löste bei uns erneut eine große Angst aus. Schließlich erreichten wir einen Bauernhof, in dessen Obstgarten wir uns aufhalten durften.

Nach einer Nacht unter freiem Himmel machte sich unsere kleine Kolonne am 30. Juni um 4 Uhr morgens auf den Weg in Richtung Brüssel, das wir über die Ringstraße umfuhren, um das Gedränge in der Stadt zu meiden. Der Strom der Flüchtlinge nahm ständig zu. Man begegnete vielen Bekannten.

In Leuven fanden wir eine Unterkunft in einem Wirtshaus am Brüsseler Tor. Ich beschloss, einen Stadtrundgang zu machen. Der alte Baustil des Rathauses war bemerkenswert. Vor allem fiel mir die ausgezeichnet erhaltene Verzierung der Steinblöcke auf, aus denen das Gebäude gebaut war, und ich sagte mir, dass dieser Stein erstaunlich wetterbeständig sein müsse. Bei unserem Spaziergang durch die Stadt suchten wir die ehemalige Vermieterin von Schwager Bernard auf, bei der er als Student gewohnt hatte. Bei ihr tranken wir ein Peeterman genanntes Bier. Nachdem wir das Haus verlassen hatten, begaben wir uns zum Kanal. Die Schönheit und die Gleichförmigkeit der anliegenden Gebäude machten diesen Platz zum schönsten der Stadt. Nach unserer Rückkehr in das Wirtshaus beschlossen wir, gemeinschaftlich zu leben. Frau de Gheugnies erklärte sich bereit, die Verwaltung der Ausgaben zu übernehmen.

Am Tage danach fuhren wir nach Tirlemont[9], das bei uns einen guten Eindruck hinterließ. Fast alle Häuser sind weiß und die Straßen sehr breit. Da die Stadt überfüllt war von Flüchtlingen, übernachteten wir jenseits von Saint-Trond auf einem kleinen Bauernhof, und am 2. Juli erreichten wir Tongres. Dort fanden wir ein Wirtshaus mit Pferdestall und Schuppen, das wir für 84 Livre[10] im Monat mieten konnten. Uns wurde die Möglichkeit geboten, so lange dort zu wohnen, wie wir es für angebracht hielten. Unser Wunsch war, in dieser Stadt zu bleiben. Aber würden die Ereignisse ihn in Erfüllung gehen lassen? Das Gepäck fest verschnürt, hielten wir uns vorsichtshalber bereit, beim ersten Alarm fortzugehen.

Am Tag nach unserer Ankunft verließ Herr Augustin du Buat, der uns bis dahin begleitet hatte, unsere Gesellschaft und fuhr zu seiner Familie, die bei Maastricht untergekommen war. Für ihn kam Dom Landelain, ein Geistlicher, der sich uns anschließen wollte, hinzu. Mönche, Geistliche, Bürger, Juristen und Kriegsleute, alle Schichten der ehemaligen französischen Gesellschaft waren nun im Exil vereinigt.

Das Angenehmste in Tongres ist die Freundlichkeit ihrer Bewohner, die mir Fremden gegenüber sehr zuvorkommend erscheinen. In der Hauptkirche, die ziemlich schön ist und wo es ein Domkapitel gibt, wird besonders die heilige Maria, genannt Notre Dame de Tongres, verehrt. Die Einwohner kommen mir sehr fromm vor.

Eine Viertelmeile von der Stadt entfernt steht ein Mineralwasserbrunnen, der mit Holzverkleidung und Aufschriften verziert ist. Er ist von Wäldern umgeben, und zu ihm führen von Bäumen gesäumte Wege, welche diesen Ort zu einem Genuss für die Augen werden lassen. In der Nähe dieses Brunnens bietet ein Einheimischer den Besuchern etwas von dessen Wasser an, das er mit Anis gewürzt hat.

Da mir sehr daran gelegen war, die Reiseumstände zu nutzen, um alles zu sehen, was meinen Wissensdurst befriedigen konnte, fuhr ich in Begleitung meines Schwagers mit dem Kabriolett nach Lüttich, das vier Meilen von Tongres entfernt ist. Kurz bevor wir in die Stadt hineinfuhren, fiel mir ihre Lage besonders auf. Sie liegt an zwei Hängen, zwischen denen die Maas fließt. Sie stellt ein Amphitheater von Häusern dar, dessen Anblick mich begeisterte. Das Gefälle ist so steil, dass wir es für ratsamer hielten, zu Fuß in die Stadt hinunterzugehen. Wir haben nur Zeit gehabt, uns den erzbischöflichen Dom anzuschauen, der sehr alt und sehr schön war. Ich habe auch eine rundförmige Kirche gesehen, die ich reizvoll fand. Das Schönste in dieser Stadt aber ist die Pont des Arches, eine Brücke, von der man eine entzückende Aussicht hat. Die Reichhaltigkeit der Läden, die sich in mehreren Straßen aneinanderreihten, gefiel mir außergewöhnlich gut.

Als wir wieder in Tongres waren, vergingen zwei oder drei Tage, an denen viel Kriegsmaterial durch die Stadt geschafft wurde. Viele Flüchtlinge zogen hindurch, unter denen sich einige Bekannte befanden.

Da die alarmierenden Gerüchte von Tag zu Tag immer glaubhafter wurden, haben wir uns schließlich entschlossen, diese Stadt zu verlassen und uns woanders niederzulassen. Die Familie von Herrn Dumoulin und einige seiner Freunde, die vor fünf oder sechs Tagen zu uns gestoßen waren, wollten mit uns weiterziehen. Denn als größere Gruppe waren wir dem Straßenraub durch die Truppen weniger ausgesetzt, über den man sich zu dieser Zeit sehr beklagte. Unsere Befürchtung war umso mehr begründet, als wir beschlossen hatten, nachts aufzubrechen, um die tagsüber übermäßige Hitze zu meiden. Diese Vorsichtsmaßnahme war sinnvoll. Zwischen Tongres und Maastricht schlichen einige plündernde Soldaten um unsere Wagen herum; aber die Stärke der Kolonne imponierte ihnen, so dass sie sich wieder entfernten.

Wir fuhren durch Maastricht, das langsam im rosaroten Morgenlicht erwachte. Unter einer erdrückenden Sonne ging die Fahrt auf Sandwegen weiter, in denen man fast versank.

Gegen Abend erreichten wir Sittard, ungefähr sechs Meilen von Maastricht entfernt, und gelangten zu einem Wirtshaus, vor dem haufenweise Unrat verfaulte. Die Wagen steckten bis zu den Achsen im Mist. Unsere Eingeweide ertrugen diese entsetzlichen Zustände nur schlecht, und die Nacht in diesem Wirtshaus wurde der Schauplatz von burlesken Szenen.

Am Tage darauf verschwanden wir in aller Eile aus Sittard und gelangten nach Geilenkirchen, einem kleinen Marktflecken, wo wir zu verweilen beschlossen. In dem Wirtshaus, in dem wir abgestiegen waren, verlangte man von uns fünf Escalins[11] für jedes Zimmer, das wir benutzten. Insgesamt haben wir viel Geld zahlen müssen für das, was wir bekamen. Wir verbrachten den Nachmittag damit, uns zu waschen und zu erholen. Da wir in diesem Wirtshaus wegen des zu hohen Preises nicht bleiben konnten, suchten wir uns ein anderes, billigeres Quartier. Wir nahmen es, obwohl es nur aus drei Zimmern und einem Platz für unsere Wagen und Pferde bestand. Wir bezogen es am 12. Juli.

In Geilenkirchen selbst gab es keine Sehenswürdigkeit, aber die Umgebung war um so schöner. Die meiste Zeit meines Aufenthaltes verbrachte ich damit, diese zu durchqueren. Die vielen sehr alten Schlösser machten die Besichtigung der

Gegend noch interessanter. Über eine Viertelmeile zählte ich vier Stück, die dicht beieinander standen und durch Alleen verbunden waren. Zum ersten Mal bemerkte ich, dass diese Alleen aus Eichen bestanden, die dort sehr gut wuchsen. Unter den Schlössern gab es ein sehr großes, das wir uns zu mieten überlegten; aber sein hohes Alter hätte uns den Aufenthalt so unbequem und traurig gemacht, dass wir nichts unternahmen, um es zu bekommen. Außerdem fühlten wir uns vor den Republikanern nicht mehr in Sicherheit und gedachten, weiter in die Ferne zu ziehen.

Diese Stadt, in der wir elf Tage gewohnt haben, war auch die erste, in der wir deutsch sprechen hörten. Obwohl sie winzig war, gab es dort drei Konfessionen: die katholische, für die es zwei Gemeinden gab, die protestantische, für die es auch eine Kirche gab, und Juden, die ihre Synagoge in einem bürgerlichen Haus hatten. Obgleich dieser Ort erst an der Grenze zu Deutschland lag, hatten die Bewohner alle dessen Bräuche.

Die Nachrichten wurden dann so alarmierend, dass wir es nicht für angebracht hielten, weiter zu bleiben. Denn als wir informiert wurden, dass den Flüchtlingen in Maastricht der Befehl zum Verlassen der Stadt erteilt worden war, und als wir außerdem immer wieder sehen konnten, wie Kolonnen von Emigranten vor unseren Fenstern vorbeizogen, fassten wir den Entschluss, den Rhein zu überqueren.

Am 23. Juli um drei Uhr nachts machten wir uns auf den Weg. Herr de Gheugnies war vorgefahren, um eine Wohnung in Derendorf bei Düsseldorf zu mieten. Wir fuhren durch Aldenhoven und Jülich. Anderthalb Meilen hinter dem letzten Ort nahmen wir das Abendessen ein und tranken dazu einen Krug rheinischen Weines. Der Inhalt entsprach ungefähr zwei Drittel einer Flasche und kostete in Düsseldorf überall sechzehn Sous. Zum ersten Mal sah ich dicke, sehr schwarze und massige Brote, die etwa dreißig Pfund schwer waren. Obwohl es mir sehr ungenießbar vorkam, wurde kein anderes in der Gegend gegessen. Jetzt mussten wir das bittere Brot des Exils kosten.

Wir verließen schließlich diesen Ort und übernachteten in Furth[12], einem Dorf, das drei Meilen von Neuss entfernt war. Die Landschaft war sehr schön. Die Dörfer waren ziemlich gut gebaut, und ihre Lage bescherte dem Reisenden einen schönen Blick.

[8]Kabriolett – Einspännige, zweirädrige Kutsche in der Regel für bis zu zwei Personen.
[9]Tirlemont – Tienen.
[10]Livre – Münzsorte in Frankreich.
[11]Escalin – Französische Münze; entspricht 6 Stüber = 24 Pfennige; 5 Escalins = 120 Pfennige = ein halber preußischer Taler.
[12]Heute Stadtteil von Neuss.

In Düsseldorf

Am folgenden Tag hatten wir Düsseldorf in Sicht, und unsere Gruppe setzte auf der Fliegenden Brücke, einer ausgeklügelten Maschine, über den Rhein. Sie besteht aus zwei großen Kähnen, die mittels großer Querbalken aus Holz miteinander verbunden sind, auf denen ein quadratischer Boden mit Geländer ruht. In der Mitte stehen zwei Masten, deren obere Enden wiederum mit einem Querbalken verbunden sind. Am Ruder wird ein dickes Seil befestigt, das über den oberen Querbalken hinweg von einer Kette verlängert wird. Die Kette selbst ist in ziemlich großer Entfernung stromaufwärts mitten im Rhein verankert. Entsprechend der vom Fährmann eingeschlagenen Richtung treibt die Brücke schräg zur starken Strömung an das gegenüberliegende Ufer. Fest verankert, kann sie nicht stromabwärts treiben.

Wegen des großen Andrangs haben wir sehr lange warten müssen, zumal Hin- und Rückfahrt zusammen eine gute halbe Stunde dauerten. An dieser Stelle war der Fluss ungefähr vierhundert Meter breit. Schließlich waren wir an der Reihe, den Fluss zu überqueren, und fuhren an Bord dieser Brücke, die sehr groß war, wenn man bedenkt, dass mein Kabriolett der fünfzehnte Wagen war.

Als Erstes wollten wir in den Besitz unserer Wohnung kommen. Sie befand sich bei einem Bäcker und bestand aus drei Zimmern und einem geräumigen Speicher. Um es gemütlicher zu haben, mieteten wir im folgenden Monat noch einen zusätzlichen Raum. Ein Zimmer diente als Esszimmer, ein anderes war für Herrn de Gheugnies und seine Kinder bestimmt, das dritte für uns und das vierte wurde meistens als Krankenzimmer genutzt, denn Herr Amé de Gheugnies und Fräulein Auguste, seine Schwester, hatten sich nacheinander die Blattern geholt. In dieser engen Wohnung lebten dicht aneinander, den Blattern ausgesetzt, achtzehn Personen, meine drei Kinder, die drei Hausdienerinnen und die zwei Hausdiener inbegriffen.

Die Stadt Düsseldorf, durch die wir mehrmals gingen, ist recht ansehnlich, vor allem das Viertel mit dem Namen Carlstadt.[12] Sie waren im Begriff, es zu renovieren, aber die Bauarbeiten waren noch nicht abgeschlossen, so dass die Straßen und der sogenannte Carlstadt-Platz noch nicht gepflastert waren.

Das Sehenswerteste in dieser Stadt ist der Palast des Kurfürsten, in dem sich der berühmte Gemäldesaal von Düsseldorf befindet. Diese Galerie besteht aus fünf großen Räumen, in denen Gemälde der berühmtesten Meister hängen.

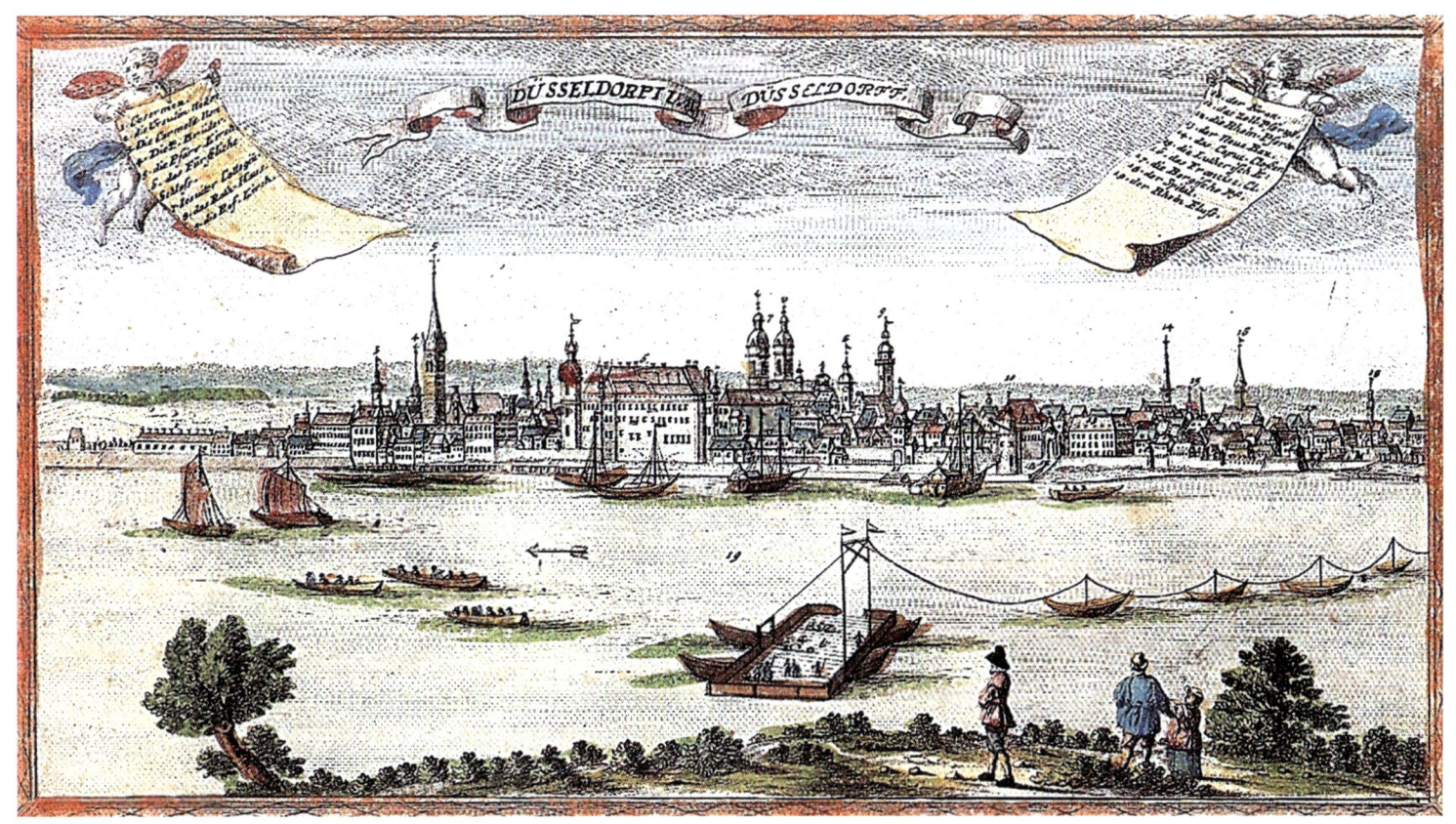

„Fliegende Brücke": Eigentlich eine Fähre, die an einem in der Mitte des Flusses verankerten Seil oder einer Kette befestigt ist. Das Seil ist am Ende geteilt, so dass die Seilenden an Bug und Heck der Fähre befestigt werden können. Durch Verkürzen oder Verlängern wird die Richtung der Fähre zur Strömung verändert. Das Halteseil wird durch Bojen oder Kähne an der Wasseroberfläche gehalten.

Durch das Tor zum nahe liegenden Derendorf sieht man den Jägerhof. Ihm gegenüber liegen sehr schöne Gartenanlagen, die als öffentliche Promenaden dienen. Vor allem sonntags gingen wir dort spazieren. Durch die zahlreichen Spaziergänger und durch die Bekleidung der Frauen war dieser Ort einfach herrlich. Im Vordergrund stand das Gärtnerhaus, das als Gastwirtschaft diente. In einem sehr schönen Raum wurden jeden Donnerstag Konzerte veranstaltet. In der Umgebung der Gartenanlagen und der Stadt selbst waren auch angenehme Spazierwege und Gartenwirtschaften. In Düsseldorf und Umgebung war es schließlich einfach, wenn man nur Geld hatte, irgendetwas zu finden, wo man sich sehr angenehm vergnügen konnte.

Manchmal fand ich Gefallen daran, am Rheintor, wo meistens viele Leute waren, spazieren zu gehen, um mir die Passagiere der Fliegenden Brücke anzuschauen, die an Land gingen. Einmal sah ich mir eines dieser Holzflöße an, von denen bei uns ab und zu gesprochen wird. Es sind dicke Kiefern oder Eichen, die, gekreuzt übereinander befestigt, eine sehr dichte Masse bilden. Ich glaube, nicht zu übertreiben, wenn ich sage, dieses Floß habe eine Länge von mindestens sechshundert Fuß. Am Ruder waren so etwas wie zwei Bühnen, auf welche die Personen steigen, die das Floß steuern sollen. Auf diesen Bühnen standen mehrere aus Brettern gezimmerte Baracken, die den zwei- oder dreihundert Leuten, die es manövrierten, einen Schutz boten. Zum Nutzen der Mannschaft waren auch Schmieden, Tischlereien und Schlachthäuser vorhanden. Wenn man dieses seltsame Objekt näher betrachten wollte, musste man schon darauf stehen; aber um an Bord zu gehen, gab es keinen anderen Zugang als über dicke aneinandergereihte Holzstämme, die vom Ufer bis zum Floß reichten. Schwager Bernard und Herr Amé de Gheugnies, die mich begleiteten, trauten sich als Erste über den Steg. Ich, der nicht weniger wagemutig als sie erscheinen wollte, folgte ihnen, aber musste es nach kaum zwanzig Schritten unendlich bereuen. Vom Schwindel ergriffen, musste ich von einem Flussschiffer zum Hafen von Düsseldorf zurückgebracht werden.

Am Ende meines Berichtes über diese Gegend möchte ich Sitten und Gebräuche beschreiben, die ich beobachten konnte: Drei Religionen, die katholische, die evangelische und die jüdische, sind hier vertreten, wobei die erste bei weitem überwiegt. Das Volk bekennt sich zu ihr mit viel mehr Frömmigkeit und Hingabe als in unserem Lande. Das fiel mir besonders auf bei Prozessionen, die in einer Ordnung verlaufen, die einem Freude bereitet. Vorne gehen in Zweierreihen die Mädchen, in deren Mitte die Lehrerin den Rosenkranz betet. In der gleichen Aufstellung folgen die Jungen. Unmittelbar hinter ihnen kommen die Frauen, genauso aufgestellt, mit einer älteren Frau in der Mitte, die auch den Rosenkranz betet. Hymnen singend, kommen dann die Geistlichen. Am Ende der Prozession folgen in Zweierreihen die Männer, von denen ein älterer den Rosenkranz betet. Manchmal singen Männer und Frauen auch Lobgesänge in deutscher Sprache.

Das Hochamt wird anders gelesen als bei uns. Wenn es sich nicht um große Feierlichkeiten handelt, wird das Credo nur zur Hälfte gesungen, die Präfation bis zum Vere dignum est, und das Pater noster wird nur laut begonnen, während der Rest leise aufgesagt wird. Bei der Nachmittagsandacht werden viele deutsche Lobgesänge gesungen.

Bei einer Bestattung wird das Gesicht des Dahingeschiedenen nicht zugedeckt, und er wird mit Blumen geschmückt, bis der Priester ihn holt. Alle Nachbarn wohnen der Beisetzung bei, mit einem schwarzen Mantel bekleidet und mit einem Blumenstrauß an der Seite. Dann wird der Leichnam zum Friedhof getragen, bevor man die Kirche betritt. Erst danach wird die Messe gelesen.

Während in dieser Gegend das Volk selbst frommer ist als bei uns, kann man das anscheinend von dem Klerus nicht behaupten, denn die Geistlichen üben ihr Amt viel unbekümmerter aus als bei uns, in Stiefeln und bunter Bekleidung, über die sie ein schwarzes ärmelloses Gewand vor dem Zelebrieren der Messe werfen.

Die Art und Weise, den Boden zu bestellen, unterscheidet sich ein wenig von unserer. Der Pflug ist leichter, und nur die Oberfläche wird umgegraben. Die Egge hat eine quadratische Form. Sie säen viel Buchweizen, den sie für die Herstellung ihres dicken Schwarzbrotes verwenden. Dort wird auch viel Kohl gepflanzt, mit dem sie handeln. Es gibt mehrere Sorten, von denen der Kopfkohl oder Weißkohl die verbreitetste ist. Dazu gibt es noch die Steckrübe, von der nur der Stiel gegessen wird, der dick und rund wie ein Apfel wird. Es gibt noch eine andere Sorte Kohl, den Stielmus[13], der weiß und rot ist und keine Köpfe ansetzt. Davon werden nur die Blätter gegessen, die kraus sind wie Chicoréeblätter und an einem Stiel entlangwachsen. Die Rüben dieses Landes werden lang wie unser Kohlrabi und schmecken in der Regel nicht.

Mir ist aufgefallen, dass die Bauern die Einfriedungen ihres geerbten Besitzes besonders pflegen. Sie bestehen aus sehr sorgfältig beschnittenen Hagebuchen, welche die Spazierwege verschönern. Die Schönheit der an den großen Wegen wild wachsenden Ulmen, rund wie Lorbeerbäume, ist beeindruckend.

Die Leute dieser Gegend trinken einen sehr dünn gekochten Kaffee, sieben bis acht Tassen hintereinander und dies fünf oder sechs Mal am Tag. Die Häuser in den Städten sind ähnlich wie bei uns aus Back- und Quadersteinen gebaut, aber das große Dachgesims ist aus Tannenholz, das dann steinfarben gestrichen wird. Dieses Tannenholz ist gewissermaßen das einzige, das in diesem Landstrich verwendet wird, sowohl für das Fachwerk als auch für die Schreinerarbeit. Es ist nicht teuer, denn es kommt mit Flößen über den Rhein. Obwohl in den umliegenden Wäldern viele Eichen wachsen, wird dieses Holz nur für den Schiffbau verwendet oder für andere Arbeiten, für deren Ausführung es unbedingt notwendig ist. Das Eisengewerbe wird mit viel Geschick ausgeübt, und ich habe beobachtet, dass die sehr hübschen, mit Eisenblumen und Verzierungen geschmückten Türschellen mit großer Eleganz gefertigt waren.

Die Häuser auf dem Lande sind zwei- oder dreistöckige Fachwerkbauten. Das Gefach wird mit Backsteinen oder Weidenzweigen gefüllt und dann mit Lehm verputzt. Man ist ganz erstaunt, die Dachdecker auf einem sehr großen Haus zu sehen, von dem noch vierzehn Tage zuvor gar keine Spur war. Es ist nicht außergewöhnlich, dass ein Haus gedeckt wird, bevor die Maurer mit der Arbeit überhaupt anfangen. Die Dächer werden mit Ziegeln gedeckt, deren Hohlräume mit Strohwischen statt mit Mörtel ausgefüllt werden.

Die Pferde scheinen sehr stark zu sein, denn riesige vollgepackte Karren werden sehr häufig von einem einzigen Pferd gezogen. Wenn der Fuhrmann eine andere Richtung einschlagen möchte, zeigt er diese dem Pferde mit dem Peitschenende an, dem es gehorsam folgt.

Beinahe hätte ich vergessen zu erwähnen, dass in den Gärten Schwarzwurzeln und Grünzeug wie Sauerampfer, Kerbel, Petersilie und so weiter so gut wie nie angebaut wurden. Beim Kochen war das für uns von großem Nachteil, denn unser Abendessen bestand aus Spargründen gewöhnlich aus einem Eintopf. Wir mussten nämlich sparen, weil wir nicht wussten, was uns noch bevorstand, zumal die Nachrichten nicht besser wurden. Ich habe auch bemerkt, dass man an dem Anbau von Obst durchaus nicht interessiert ist. Die Märkte belegen es, auf denen nur schlechtes Obst zu kaufen war. In den schönen umliegenden Gärten habe ich gar keine Spaliermauern gesehen, oder wenn, dann waren sie sehr schlecht gepflegt.

[12] Innerstädtischer Stadtteil von Düsseldorf, südlich der Altstadt gelegen. Benannt nach ihrem Erbauer Carl Theodor, Kurfürst der Pfalz und Bayern, Herzog von Jülich-Berg.
[13] Auch heute noch typisches Gericht der Ruhrregion; das Blattwerk bestimmter Rübensorten wird zu einem Gemüseeintopf – heute zusammen mit Kartoffeln – verarbeitet.

Die tägliche Speisenfolge am Hofe Moritz Casimirs II. auf Schloss Rheda

Samstag, 21. Oktober 1797

Herrschaftliche Tafel:	Nebentafel:	Laquaien und Gesinde:
Kastaniensuppe	Suppe	Wurst
Rindfleisch	Rindfleisch	Gemüse
Kartoffeln mit Rüben	Gemüse	Butter
Kalbfleisch mit Sellerie	Braten	
Hammelbraten		

Sonntag, 22. Oktober 1797

Herrschaftliche Tafel:	Nebentafel:	Laquaien und Gesinde:
Legierte Suppe	Suppe	Suppe
Rindfleisch	Rindfleisch	Rindfleisch
Sauerkraut	Gemüse	Gemüse
Pastete, Fische	Braten	
Kalbsbraten		

An der herrschaftlichen Tafel waren mittags fünf Gänge vorgesehen, abends wurden vier Gänge serviert: Suppe, Gemüse, warmer oder kalter Braten, Salat nach Jahreszeit. Als Getränk wurde Bier, als Beilage Sauer-, Weiß- oder Graubrot gereicht. Die Speisenfolge am herrschaftlichen Tisch wiederholte sich wöchentlich, die am Nebentisch und beim Gesinde blieb über Jahre die gleiche. Am herrschaftlichen Tisch speisten mittags 14 Personen, abends 10. An der Nebentafel aßen 7. Am Gesindetisch saßen rund 26 Personen. (nach Schusky R., So aß man auf Schloß Rheda, S. 209 f.)

Ausflug nach Köln

Nachdem ich mir einiges in der Umgebung von Düsseldorf angeschaut hatte, kam es mir in den Sinn, meinen Onkel Baudry in Mühlheim bei Köln zu besuchen. Ich beschloss, mich mit meinem Schwager Dubuisson auf den Weg zu machen und dabei den „öffentlichen Wagen" zu benutzen, für den man nur vierzig Sous pro Kopf für die sieben Meilen zahlte, die Düsseldorf von Köln trennen. Wir brachen am 6. August um fünf Uhr morgens auf.

Der öffentliche Wagen war ein einfaches Fuhrwerk, mit gefärbtem Stoff überspannt und mit gepolsterten Sitzbänken versehen, auf dem es dennoch ziemlich bequem war, zumal wir nur über gute Wege fuhren und die Pferde im Schritt liefen. Als wir bereits im Wagen saßen und auf die Abfahrt warteten, wollte ein dicker Deutscher einsteigen. Dies führte zu einem Streit zwischen dem Kutscher und zwei Geistlichen, die das nicht zulassen wollten, da der Wagen schon voll besetzt war. Der Kutscher schimpfte arg über ihr Verhalten. Trotzdem brachen wir ohne den Dicken auf.

Nach einer knappen halben Meile hielt der Kutscher an. In seiner Begleitung befanden sich drei Lastträger, mit deren Hilfe er hoffte, die beiden Äbte zur Vernunft zu bringen, denn der Dicke rannte immer noch schreiend hinter unserem Wagen her. Nun schlug mein Schwager vor, dass alle aus dem Wagen aussteigen sollten, um so zu tun, als wollten wir uns bei der Stadtregierung in Düsseldorf über den Kutscher beschweren. Bereitwillig stimmten wir alle ihm zu. Als der Kutscher das merkte, gab er nach und entschied, ohne unseren beleibten Deutschen weiterzufahren. Dieser gab jedoch nicht auf und folgte uns über eine halbe Meile bis in die Nähe von Grimlinghausen, wo man den Rhein auf einer Fliegenden Brücke überquert. Während der Überfahrt waren wir aus dem Wagen ausgestiegen. Der dicke Deutsche nutzte die Gelegenheit und besetzte einen Platz, den wir ihm ohne Streit überließen, aber wir quetschten ihn so sehr ein, dass er keine Ruhe fand. Als wir später erfuhren, dass er einen armen geflohenen Geistlichen verpflegte, haben wir uns bemüht, ihm etwas mehr Platz zu lassen. Später bei unserer Ankunft in Köln erfuhren wir, dass die Emigranten nach einer vom Magistrat jüngst erlassenen Verordnung die Stadt hatten verlassen müssen.

Über den Rhein setzten wir unseren Weg nach Mühlheim fort. Die Überfahrt kostet nur drei Sous. Ich stellte fest, dass die Stadt zwar klein ist, aber hübsch gebaut und gut gepflastert und dass die Einwohner fast alle protestantisch sind. Flüchtlinge, denen ich begegnete, erklärten mir den Weg zu dem Stadtviertel, in dem Onkel Baudry wohnte. Ich freute

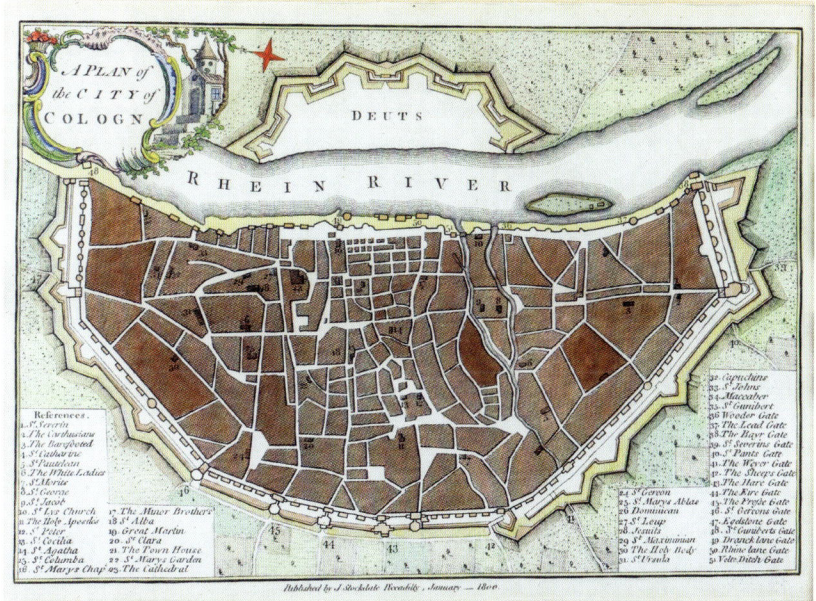

mich verständlicherweise sehr über das Wiedersehen mit meinen Tanten und Cousinen, kam allerdings kaum zu Wort, um meine kleinen Abenteuer zu erzählen. Im Haus, in dem die Familie Baudry sich eingerichtet hatte, war eine Seidenfabrik, die ich mit Vergnügen besichtigte. Bei dieser Gelegenheit erfuhr ich, dass in der Stadt die Seidenindustrie, die unzählige Heimarbeiter beschäftigte, sehr bedeutend war.

Am folgenden Tag besichtigte ich mit meinem Onkel Köln. Die Stadt hatte nichts Sehenswertes anzubieten. Die meisten Straßen sind sehr eng und dreckig. Wir besuchten viele recht hübsche Kirchen, und ich stellte dabei fest, dass mit Gold nicht gespart worden war, denn sogar für die Gewölbe-Ornamente wurde es verwendet. Die Kirche der Jesuiten erschien mir sehr schön und reich. In einer Pfarrkirche zeigte man uns ein herrliches Gemälde von Rubens, welches das Martyrium des heiligen Petrus darstellte. In der Domkirche, die noch nicht fertiggestellt war, aber ein wunderschönes Bauwerk zu werden versprach, bewahrte man sehr sorgfältig in einem Reliquienschrein unter einem vergoldeten Eisengitter die Gebeine der Heiligen Drei Könige auf. Auf einem kleinen Platz sahen wir ein Bronzehaupt auf einer Eisenpike. Darunter war eine Gedenktafel in Erinnerung an den Anführer eines Aufstandes, der dort hingerichtet worden war. Diese Gedenktafel stand an der Stelle seines zerstörten Hauses.

Was mir aber die größte Freude bereitete und mich am meisten begeisterte, war die Hafenmole, von der aus Schiffe aller Art zu sehen waren, unter anderem mehrere mit hübschen Verzierungen und Fenstern ausgestattete Dreimaster, die Kriegsschiffen sehr ähnelten. Elegant aufgestellte Kräne sorgten für Verladung und Löschen der Waren, die in Mengen am Flussufer lagerten. Die Fliegende Brücke war immer voller Menschen. All das trug dazu bei, diesem Ort den schönsten Charakter zu verleihen. Man hatte den Eindruck, an einem Seehafen zu sein.

Nach unserer Rückkehr entschloss ich mich, meine Kinder zu unterrichten. Dadurch verdrängte ich die düsteren Gedanken, die mein Unglück nur verstärken konnten. Ich hatte zum Glück einen Katechismus dabei und brachte meinen Kindern so Lesen und Schreiben bei. Manchmal ging ich mit ihnen spazieren, und wir spielten zusammen. Ich machte mir Sorgen über ihre Zukunft, die aufgrund der traurigen Ereignisse nicht glücklich aussah. Schon jetzt bekamen sie diese am eigenen Leibe zu spüren durch die Entbehrung vieler Annehmlichkeiten, die sie in Condé genossen hatten. Alle drei mussten auf einer auf dem Boden liegenden Strohmatte schlafen. Sie aßen nur Brot, schwarz wie unseres, das nur mit sehr wenig belegt werden konnte. Dennoch erfreuten sie sich immer einer guten Gesundheit.

Acht oder zehn Tage nach unserer Rückkehr aus Köln sah ich zum ersten Mal eine Bischofsweihe, die des Bischofs von Roermond, durch Kardinal de Montmorency in Gegenwart acht französischer Bischöfe. Die Freude an dieser herrlichen Zeremonie verdankte ich Frau Gheugnies, die uns durch ihre gewohnte Kühnheit – sie schubste nach links und rechts – den Zugang zu einer Glastribüne mit Blick auf den Chor ermöglichte, von der wir ungestört alles sahen. Derselbe Kardinal zelebrierte am 25. des Monats das Hochamt zum Andenken an Ludwig den Heiligen, bei dem ein französischer Prediger die Lobrede auf diesen heiligen König hielt.

Ich versäumte es nicht, mich häufig in der pfälzischen Garnison aufzuhalten. Mit Vergnügen schaute ich mir an, wie die pfälzischen Soldaten sehr hübsch gekleidet auf den Kasernenhöfen exerzierten. Ich bewunderte die vollkommene Regelmäßigkeit der dreigeschossigen quadratischen Hauptgebäude, obwohl alle meine Gefährten diese als sehr hässlich empfanden. In der Nähe dieser Kasernen entdeckte ich eine kleine Kapelle, in die sich Flüchtlinge, die sich bei neu ausgehobenen Armeen verpflichtet hatten, für acht Tage zurückgezogen haben.

Schließlich hatte die Hoffnung auf eine baldige Rückkehr in meine Heimat zur Folge, dass ich, da ich ständig beschäftigt war, die ersten zwei Monate des Exils eher unbesorgt verbrachte. Aber ich konnte die Zukunft nicht vorhersehen.

Altenessen	3013 (1802)	Herdecke	1133 (1798)	Ruhrort	931 (1800)
Bochum	1526 (1790)	Herne	750 (1800)	Unna	2418 (1798)
Borbeck	3676 (1802)	Herten	681 (1806)	Waltrop	2519 (1806)
Bottrop	2109 (1806)	Hörde	930 (1798)	Wattenscheid	705 (1798)
Buer	3283 (1802)	Horst	409 (1806)	Westerholt	583 (1806)
Castrop	546 (1798)	Kamen	1498 (1798)	Westhofen	653 (1789)
Datteln	2772 (1806)	Kettwig	4010 (1802)	Werden/Stadt	2454 (1802)
Duisburg	4500 (1789)	Kirchhellen	2166 (1802)	Werden/Stift	7040 (1802)
Dorsten	2056 (1806)	Lünen	1071 (1798)	Wetter	680 (1798)
Dortmund	4394 (1809)	Marl	1614 (1806)	„Ruhrgebiet" ca. 270 000 (1800)	
Essen	3600 (1789)	Mülheim	4500 (1800)		
Gelsenkirchen	500 (1789)	Oer	721 (1806)	Condé	613 (1793)
Gladbeck	2328 (1802)	Osterfeld	545 (1806)	Aachen	23 413 (1795)
Hamm	3337 (1798)	Polsum	639 (1802)	Düsseldorf	12 102 (1800)
Hattingen	1969 (1798)	Recklinghausen	2561 (1806)	Köln	44 512 (1794)

Einwohnerzahlen zur Zeit rund um Paillots Besuch

Über Duisburg nach Dorsten und zurück

In den letzten August- sowie den ersten Septembertagen wurden sehr schlechte Nachrichten verbreitet. Zuerst wurde verkündet, die Stadt Le Quesnoy sei gefallen, was wir stark anzweifelten. Die Zeitung, welche die Nachricht veröffentlicht hatte, widerrief sie sogar. Schließlich erwies sie sich doch als wahr. Wir fingen an, für Valenciennes und Condé vor Angst zu zittern. Schon sollten sie sich beide ergeben haben, aber wir wollten nicht so recht daran glauben. Wir konnten uns nicht vorstellen, dass sich so gut befestigte Städte ergeben hätten, auf keinen Fall jedoch ohne erbitterten Widerstand. Das Gerücht ging jedoch weiter um, und jeder von uns fürchtete sich so sehr vor dieser Möglichkeit, dass er an alles andere zu denken versuchte, um es zu verdrängen. Aber bald war kein Zweifel mehr erlaubt.

Es war für uns wie ein Blitz aus heiterem Himmel. Dieses entsetzliche Ereignis ließ uns Schlimmeres ahnen: Ich dachte an mein Vermögen, das in die Hände der Republikaner fallen würde, und an mein armes Kind, das ich zurücklassen musste und von dem ich nicht wusste, was aus ihm geworden war. Das alles versetzte uns in tiefe Bestürzung. Nur noch die Vorsehung konnte uns trösten, indem wir unser Vertrauen auf sie setzten, in der Hoffnung, dass sie uns nicht im Stich lassen würde, wie groß unser Unglück auch sein mochte.

Und schließlich erfuhr ich die ganze grausame Wahrheit: Condé hatte sich am 30. August 1794 ergeben. Als die Republikaner auf die Stadt zumarschierten, bestand die Garnison in Condé aus 1300 Infanteriesoldaten, außerdem hatten einige hundert Soldaten im Wald Stellung bezogen. Am 14. Juli hatte Generalmajor Pierre-Jacques Osten sein Hauptquartier nördlich von Péruwelz aufgeschlagen. Er verlegte es am 25. Juli auf das Gebiet von Condé selbst, ins Schloss Hermitage, nachdem er die Österreicher aus dem von ihnen besetzten Wald vertrieben hatte. Sofort nach der Wiedereroberung von Valenciennes am 29. August hatte die kleine Armee von Schérer die Osten-Brigade vor Condé verstärkt. Von der Übergabe der Stadt Condé wurde noch am gleichen Tag, dem 30. August, der Konvent benachrichtigt durch den Chappe-Telegraphen, der bei dieser Gelegenheit eingeweiht wurde. Die Versammlung beschloss die sofortige Umbenennung der Stadt in Nord-Libre.

Am 17. September riefen die Kommissare des Konvents einen sechzehnköpfigen Ausschuss ins Leben, der damit beauftragt wurde, in den nächsten vierundzwanzig Stunden gründliche Hausdurchsuchungen vornehmen zu lassen; er

Der optische Telegraph von Claude Chappe

Claude Chappes (1763 – 1805) Apparat zeichnet sich durch große Einfachheit der Signalfiguren aus, die sich schnell erkennen und mit geringem Zeitaufwand aneinanderreihen ließen und dabei nicht leicht zu verwechseln waren. Er verwendete nur drei in Gelenken beweglich miteinander verbundene geradlinige, von einem senkrechten Maste getragene Zeichenelemente, aus denen sich die Figuren, eine aus der anderen, leicht entwickeln ließen. Da die einzelnen Signalflügel gut ausbalanciert waren, war die Kraft zu ihrer Einstellung gering und ließ sich durch Seilzüge, die über Rollen liefen, von dem oberhalb des Signalmastes befindlichen Stationszimmer leicht übertragen. Dabei gab das von dem Telegraphisten zu bedienende Hebelsystem die jeweilige Stellung der äußeren Signalflügel im kleinen genau wieder. Ausgenutzt wurden nur die Stellungen der Signalflügel im Abstand von je 45 Grad ihrer Kreisbewegung, wobei sich sieben verschiedene Stellungen der Seitenflügel und vier Stellungen des Hauptarms ergaben. Auf diese Weise erhielt man 196 leicht erkennbare Zeichen, von denen Chappe aber nur die 92 ausnutzte, die sich am leichtesten und schnellsten bilden ließen. Er hatte Zeichen für Buchstaben und Ziffern und benutzte auch ein Kodebuch.

Wenn auch nach jeder Zeicheneinstellung dem beobachtenden Telegraphisten einige Sekunden Zeit zu deren Erfassung gelassen werden mußte, war die Schnelligkeit der Übertragung bei guter Übung des Bedienungspersonals doch so groß, daß ein Zeichen in der Minute durchschnittlich 14 Stationen durchlief, womit zum Beispiel die 423 Kilometer lange Strecke von Paris nach Straßburg in knapp sechs Minuten zurückgelegt wurde. Die erste so eingerichtete Telegraphenlinie verband Paris über 20 Zwischenstationen mit Lille und war unmittelbar aus den Bedürfnissen des Revolutionskrieges der Franzosen gegen die Österreicher entstanden. Sie erbrachte die erste Probe ihrer Leistungsfähigkeit durch die Mitteilung von der Wiedereroberung von Le Quesnoy und Condé im August 1794, die dem Nationalkonvent schon eine Stunde nach dem Einmarsch der Truppen gemeldet wurde. (nach Feyerabend, E., Der Telegraph von Gauß und Weber im Werden der elektrischen Telegraphie) sollte auch die Festnahme aller veranlassen, die unter der kaiserlichen Besatzung öffentliche Ämter angenommen hatten oder offenkundig verdächtig waren. Der grausame Prokonsul Jean-Baptiste Lacoste schürte den Eifer des Ausschusses und forderte ihn auf, die Liste der angeordneten Hausdurchsuchungen vervollständigen zu lassen. Sie wurden von Bürger Dupuis, dem Bezirksverwalter, durchgeführt. Am 21. September 1794 hatte dieser Bevollmächtigte fünfundsiebzig Häuser in Nord-Libre registriert, die offenkundig ausgewanderten Personen gehörten. Die Revolution sah nicht ein, dass man sich ihrer Wohltaten durch Auswanderung entziehen konnte. In diesem Verhalten sah sie ein unhöfliches, unerträgliches Misstrauen. Ein Gesetz vom 28. März 1793 bestimmte, dass alle Emigranten aus dem französischen Territorium für immer verbannt seien; zivilrechtlich seien sie tot; ihr Vermögen verfalle der Republik. Auf der Liste der festgenommenen Personen standen auch Kaufleute, die mit den Österreichern zusammengearbeitet hatten.

Bei meiner Frau, die in anderen Umständen war, nahte die Geburt. Die Erschütterung, in die sie die Nachricht von der Eroberung von Condé versetzte, trug zur Beschleunigung der Entbindung bei.

Unsere Wohnung in Derendorf bot wenig Komfort, denn abgesehen von der Tatsache, dass das Zimmer äußerst scheußlich war, mussten alle unsere Kinder und Hausdienerinnen darin schlafen. Wir hatten nur ein schlechtes Bettgestell ohne Vorhänge. Es regnete sogar in unser Zimmer herein. Alles in allem war diese Unterkunft für uns eine Zumutung, besonders jetzt, da die Geburt meines Kindes nahte. Dennoch betrug die Miete vier Louisdor monatlich bei einem sehr ungastlichen Bäcker. An diesem Ort brachte meine Frau am 11. September um 4 Uhr morgens ein sehr schwächliches Mädchen zur Welt. Es wurde noch am selben Tag auf den Namen Reine-Barbe-Joséphine getauft. Der Pfarrer taufte das Kind in französischer Sprache, wie es in der Gegend Brauch war.

Es waren drei Tage vergangen, seitdem meine Frau niedergekommen war, als ein Nachbar unser Zimmer betrat und uns mit aufgeregter Stimme die Ankunft des Herrn Pfarrers ankündigte. Zuerst wusste ich nicht, wen er meinte. Ich ging die Treppe hinunter und sah tatsächlich unseren guten Hirten aus Condé, der uns besuchte. Er erzählte uns, wie er aus Condé geflohen war, was uns wie ein Wunder erschien. Als armer Mann verkleidet, verließ er die Stadt auf unterirdischen Wegen, und von Boot zu Boot erreichte er mit größter innerer Unruhe Leuze. Dort bat er einen ihm bekannten Offizier, ihm bei seiner Flucht zu helfen. Dieser antwortete ihm, er müsse Ath erreichen, dort werde er versuchen, ihm weiterzuhelfen; bis zu diesem Ort würden alle Wagen gründlich durchsucht in der Annahme, dass sich vor allem Geistliche verstecken könnten. In Ath angelangt, verkleidete er sich als kranker Soldat, dann als Pionier bis zu den österreichischen

Vorposten, die er zum Glück erreichte. Von ihm erfuhren wir, dass einige Kanonenkugeln und Granaten auf die Stadt abgefeuert worden waren. Von ihm erfuhren wir aber auch, dass unsere kleine Clothilde, die schon im Sterben lag, als wir damals Condé verließen, dahingeschieden war.

Trotz all dieser unglücklichen Ereignisse wurde es Zeit, sich angesichts des nahenden Winters um eine andere Wohnung zu bemühen. Wir hofften und waren sogar überzeugt, dass die Republikaner die Maas nicht überschreiten würden. Also suchten wir in Derendorf eine preisgünstigere Unterkunft, die uns mehr Platz bieten würde. Nach vielem Suchen fand Frau de Gheugnies eine ziemlich saubere Wohnung; sie bestand aus einem großen Esszimmer oder Gemeinschaftsraum, einem weiteren großen Raum, der Herrn und Frau de Gheugnies und ihren Hausdienern als Schlafzimmer diente, und einem dritten kleineren Zimmer, das wir übernahmen. Nirgends gab es einen Kamin, abgesehen von einem Ofen im Gemeinschaftsraum, was von größter Unbequemlichkeit für den Winter sein würde. Aber wir konnten nichts Besseres finden. Außerdem gab es noch eine kleine Küche und drei Mansarden. Als einzige Möbel in dieser neuen Wohnung hatten wir zwölf Stühle und zwei Tische. Bruil, der von Beruf Schreiner war, zimmerte uns ein Bettgestell, weil meine Frau wegen ihrer Kleinen nicht auf dem Boden schlafen konnte, während die de Gheugnies ohne Bettgestell auskommen mussten.

Trotz der Unbequemlichkeiten hatte die Wohnung manche Vorteile. Sie befand sich in einem großen Gebäude, im Dorf günstig gelegen. Diese ehemalige Fabrik gehört einem Kolonialwaren- und Tuchhändler, einem protestantischen, jedoch anständigen Mann. Er vermietete uns die Wohnung für zweiundzwanzig Taler im Monat. Wir verfügten über einen sehr hübschen Garten, in dem wir und unsere Kinder spazieren gehen konnten. Außerdem wohnten in der Nachbarschaft viele nette Leute aus unserem Bekanntenkreis. Im selben Haus wohnte auch eine sehr liebenswürdige Dame aus Brüssel, die dank ihrer Deutschkenntnisse das Verhandlungsgespräch über die Wohnung übersetzt hatte. Ohne dass wir das Haus verlassen mussten, versorgte uns unser Gastgeber mit vielen Waren aus seinem Laden. Im Haus bildeten wir eine Art angenehme Kolonie.

Am 17. September übernahmen wir unsere neue Wohnung. Wir erfreuten uns erst seit sechs Tagen unserer neuen Unterkunft und genossen deren Annehmlichkeiten, als schlechte Nachrichten uns erneut beunruhigten. Seit der Eroberung von Condé und dem Tod meiner Kleinen konnte mich jedoch so leicht nichts mehr erschüttern. Die Republikaner sollten die Maas und die Ourthe überquert und die Österreicher sich hinter die Roer zurückgezogen haben, was uns um so mehr erschreckte, als es uns befürchten ließ, erneut umziehen zu müssen.

Schon hatte die Stadtregierung in Düsseldorf öffentlich bekannt gemacht, die Flüchtlinge möchten die Stadt verlassen. Wir gaben also die Aussicht auf einen gemütlichen Winter in Derendorf auf und berieten über unser künftiges Verhalten. Wir bedauerten zutiefst, unsere Wohnung verlassen zu müssen, in der wir uns schon eingelebt hatten, und in eine Gegend ziehen zu müssen, wo wir uns sicherlich nicht so wohlfühlen würden. Deshalb entschieden wir, so lange hier zu bleiben, bis wir zum Aufbruch gezwungen wären; aber da wir für diesen Fall eine Unterkunft brauchen würden, beschlossen wir, eine Wohnung in Dorsten, auf halber Strecke zwischen Düsseldorf und Münster – dreizehn Meilen[14] zwischen beiden Städten – zu mieten. Ich und Herr de Gheugnies wurden mit dieser Aufgabe beauftragt.

Am 24. September machten wir uns auf den Weg. Wir umfuhren Kaiserswerth und erreichten die Straße an der Zollschranke. Diese Schranken sind in der Pfalz[15] und auf preußischem Gebiet sehr zahlreich, und die Übergangsgebühren sind sehr hoch, obwohl es sich nur um Feldwege handelt, die dennoch gut instand gehalten werden. Die Schranken sind anders gebaut als unsere. Es sind Schlagbaumschranken, die zum Öffnen hochgezogen werden und die man herunterlässt, um den Weg zu sperren. Unterwegs beobachtete ich, was ich schon auf dem Weg nach Köln gesehen hatte: Wenn der Bauer die Gerste und den Hafer abmäht, zeichnet er manchmal zum bloßen Vergnügen Figuren auf das Feld, die einen ziemlich hübschen Eindruck machen.

Duisburg

Da ein gewaltiges Gewitter die Wege aufgeweicht hatte, erreichten wir Duisburg erst bei eingebrochener Nacht, eine Stadt, die im Besitz des Königs von Preußen war.[16] Es waren bereits viele Leute auf der Flucht, so dass wir nur mit Mühe ein Wirtshaus finden konnten. Eine gute Dreiviertelstunde hatte die Suche nach einer Bleibe gedauert. Schließlich fanden wir doch noch ein minderwertiges Lokal, in dem wir bleiben durften. Zusammen mit drei oder vier Emigranten aßen wir Salate und eine Milchsuppe; nach dem Abendessen tranken wir ein Glas Wacholderschnaps, das der Wirt als Erster zum Munde führte, was in allen Wirtshäusern des Landes bei einem dem Gast unbekannten Getränk gebräuchlich war. Am folgenden Tag besuchte ich die Stadt, die nur altes Zeug zu bieten hatte.

Wir verließen den Ort gegen sechs Uhr morgens. Nach ungefähr einer halben Meile erreichten wir die Ruhr, einen recht breiten Fluss, der bei Duisburg in den Rhein mündet. Wir überquerten ihn auf einem großen Kahn, ähnlich wie eine Fliegende Brücke gebaut. Er ist auch in der Mitte der Strömung durch eine dicke Kette verankert, die sich selbst auf

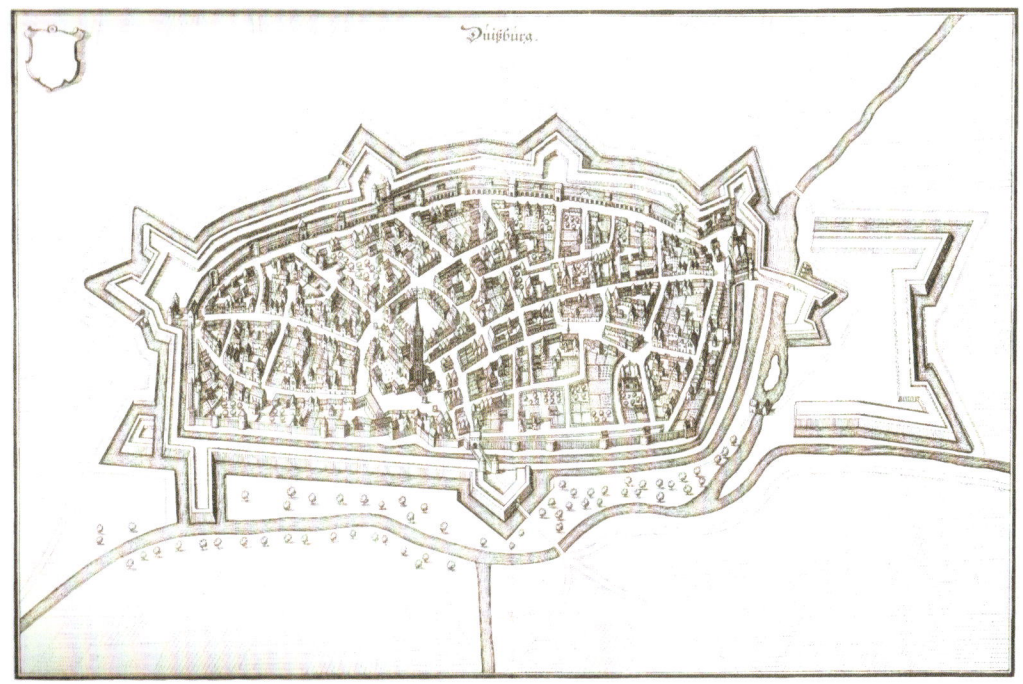

Auszug aus der Chronik der Stadt Duisburg

Während des großen französischen Freiheitskrieges kam die Stadt zwar nie in die Gewalt der Feinde, doch ward sie schon in der Nähe mit einem Besuch derselben bedroht. Aber die Stadt litt dennoch sehr durch die stärksten Durchzüge und Winterquartiere der kaiserlichen Truppen, von denen 20 000 im Oktober 1794 bis April 1795 teils hier durchzogen, teils einquartiert gewesen sind und auch einige Zeit ein Lager bei der Stadt gehabt haben; welches Jahr auch in der ganzen Geschichte der Stadt das allerteuerste Jahr gewesen ist. (nach von Roden, G., Geschichte der Stadt Duisburg) kleinen Barkassen stützt. Aber da es nur eine kleine Schiffsbrücke ist, können lediglich zwei oder drei Wagen auf einmal übergesetzt werden.

Etwa eine Stunde nach der Überfahrt fuhren wir durch eine Heidelandschaft, die sich bis nach Dorsten zog.[17] Allein ein kleiner Weiler konnte diese Eintönigkeit durchbrechen. Dort war ein schönes Wirtshaus, in dem wir einen Halt zum Abendessen machten. Da es das einzige auf dieser Straße war, standen dort sehr viele Wagen, die den Weg sogar versperrten. In der Nähe waren mehrere Schmieden[18], die ich mir gern angesehen hätte, wenn ich Zeit gehabt hätte, aber wir brachen sofort auf und fuhren wieder durch diese Heide, die einem nur Wehmut einflößen konnte. Bis ins Unendliche waren nur vereinzelte absterbende Bäume zu sehen sowie Sandhaufen, die vom Winde weggeweht wurden und die sich zwischen einigen Wacholderbäumen und dürrem Gras ausstreckten. Selten sahen wir ein paar Strohhütten, von armen Bauern bewohnt, die das Gras mähten, um daraus ihr Feuer zu machen.[19] Wir fuhren auf die Höhen hinauf[20] in der Hoffnung, einen angenehmeren Horizont zu entdecken. Es blieb, wie es war. So weit das Auge reichen konnte, war keine Spur von Ackerbau zu sehen. Das war wirklich eine Einöde.

Dorsten

Schließlich kamen wir in Dorsten an. Dank der Freundlichkeit eines Geistlichen, der ehedem Herrn Amé de Gheugnies an der Schule in Tournai unterrichtet hatte, und der Vermittlung eines französisch sprechenden Perückenmachers fanden wir am Tage darauf eine Wohnung für vier Taler monatlich. Sie bestand allerdings nur aus einem großen Zimmer, das nicht sehr sauber war. Auf die Schnelle sahen wir uns die Stadt an, die von sehr alten Türmen und Verteidigungsanlagen umgeben ist und durch welche die Lippe fließt. Wir fuhren über Kirchhellen, Bottrop und Osterfeld[21] zurück. Hinter letzterem Dorf hätten wir uns beinahe festgefahren. Später erreichten wir eine Zollschranke, wo wir am Feuer den Rest der Nacht neben Kutschern, die im Heu lagen, verbrachten.

Bei Tagesanbruch setzten wir unseren Weg fort bis Mülheim an der Ruhr, wo wir den Fluss auf einer Schiffsbrücke überquerten. Wir fuhren weiter einen Hügel hinauf und hielten oben an, um die Landschaft zu bewundern. Ringsherum gab es nur Berge, an deren Fuß die Stadt Mülheim lag, die nicht schöner hätte gelegen sein können. Die Ruhr, die durch diese Stadt fließt und sich durch die Berge schlängelt, ist ungefähr so groß wie die Maas. Sie verschönert in hohem Maße die Landschaft. Nach viel Mühe und Anstrengungen erreichten wir endlich Derendorf gegen halb sechs abends.

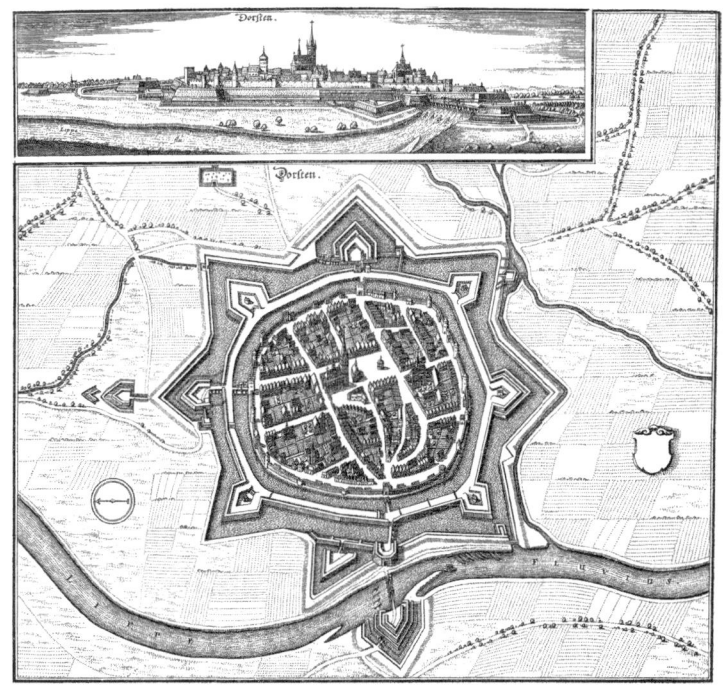

Ich war gerade dabei, über meine Fahrt zu berichten, als meine Frau eine ihr nicht unbekannte Stimme hörte. Es war Onkel Baudry, der auf unser Zimmer heraufkam und ganz verwirrt erzählte, mit welcher Mühe er unsere Wohnung gefunden habe, dass er und seine Familie an demselben Tage aus Mühlheim bei Köln losgefahren seien, dass er die Wagenkolonne vor vier Stunden mit der Absicht, uns zu besuchen, verlassen habe. Und ohne sich ausruhen zu wollen, brach er sofort auf, um sich den anderen Wagen wieder anzuschließen.

Obwohl ich sehr müde war und es schon spät war, beschlossen ich und Schwager Dubuisson, ihn bis zu dem Weg zu begleiten, an dem die Wagen vorbeifahren sollten. In der Tat hörten wir in der Ferne die Kutscher. Ich sah, wie meine Tanten und Cousinen bei dem schrecklichsten Wetter oben auf halb offenen Karren saßen. Da die Kutscher nicht gewillt waren, einige Minuten zu warten, damit wir einander unsere Pläne mitteilen konnten, versprach ich, sie am folgenden

Morgen in einem kleinen nahe gelegenen Weiler zu besuchen, wo sie übernachten wollten. Gegen sechs Uhr morgens begab ich mich tatsächlich dorthin. Erbärmlich war der Zustand meiner Tante, weil sie nicht wusste, wohin sie gehen sollte. Von Stiftsdamen begleitet, machten sie sich schließlich in Richtung Hamm auf.

Einen Tag später fuhren Herr Bouchelet und seine schwächliche Tochter vorbei. Die Revolution hatte diese wohlhabende Frau in eine äußerste Armut versetzt. Sie hatte darauf bestanden, bei ihrem Vater zu bleiben. Es schmerzte uns, als wir sie wenig später mit ihrem Mann zurückkommen sahen. Sie erzählte uns, ihr Vater habe sie zwei Meilen entfernt unbarmherzig ausgesetzt und ihnen nur sechs Louisdor[22] gegeben, mit denen sie auskommen mussten. Aus Barmherzigkeit nahmen Fremde sie zu sich.

Weil die schlechten Nachrichten sich immer mehr anhäuften, wurde es für uns Zeit, eine Entscheidung zu treffen. Herr de Gheugnies berichtete, er habe eine Wohnung in Dortmund in Westfalen gemietet; sie hätten Fräulein Benoit, die gerade bei ihnen zu Besuch war, überredet, sie zu begleiten. Auf dem Rückweg aus Dorsten war ich auch anderen Emigranten begegnet, die vorhatten, nach Dortmund zu ziehen, wo der Lebensunterhalt angeblich besonders günstig sei. Herr de Gheugnies sprach mit der Familie Dumoulin, die sich ebenso für Dortmund entschied. Der Pfarrer aus Condé schließlich neigte ebenfalls zu diesem Entschluss, denn es kam ihm sehr gelegen, mehrere seiner Pfarrkinder an einem Ort versammeln zu können. Daraufhin stimmten auch wir zu.

[14] Paillot rechnet hier wohl nach den ihm geläufigen Maß der „lieue commune" (frz. Meile) = 4,452 km.

[15] Gemeint ist mit „Pfalz" bei Paillot das Herzogtum Berg. Dieses war unter dem Souverän und Kurfürsten der Pfalz und Bayern Carl Theodor in Personalunion verbunden, da dieser gleichzeitig Herzog von Jülich-Berg war (1742 – 1799).

[16] Seit 1666 preußisch.

[17] Nach der Ruhrquerung folgt Paillot ganz offensichtlich dem „Alten Postweg" nach Dorsten, der über die Liricher Heide führt, bei Schloss Oberhausen die Emscher überwindet und ohne Berührung der Dorfkerne von Sterkrade und Osterfeld den Elpenbach aufwärts über den Tackenberg (Verlauf in etwa der heutigen Dorstener Straße); dafür sprechen die folgenden Angaben.

[18] Offenbar ist hier die St.-Antony-Hütte gemeint; anderes lässt sich nicht nachweisen.

[19] Es macht keinen Sinn, Heu oder Gras zu verfeuern. Vielleicht hat Paillot Plaggenmaht gesehen, doch die hatte eine völlig andere Verwendung.

[20] Gemeint ist wohl der Tackenberg als einzige nennenswerte Erhebung der Gegend, der mit etwas mehr als 80 Meter die Umgegend überragt.

[21] Für den Rückweg wählte Paillot die östlichere, kürzere Route über Bottrop, Osterfeld nach Mülheim, auf der bis ins 19. Jahrhundert hinein keine Postlinie existierte. Erst unter dem ersten Bürgermeister von Bottrop und Osterfeld, Wilhelm Tourneau, wurde diese eingerichtet.

[22] Der „Goldene Ludwig"; seit Ludwig XIII. geprägte Goldmünze von etwa 7 bis 8 Gramm.

Über die Sittlichkeit der westfälischen Bauern

In Rücksicht der Sitten stehet der westfälische Bauer vor dem Landmanne in anderen Gegenden Deutschlands sehr zurück. Lebt er isoliert, entfernt von Städten, Ämtern und adligen Gutsbesitzern, sind die rauhen Ecken seines Geistes durch das Militär nicht abgeschliffen, so hat seine Plumpheit und Grobheit den höchsten Grad erreicht. Eine höchst schmutzige und säuische Lebensart ist ihm zur Natur geworden. Er lebt mit Gänsen, Schweinen und Hühnern auf verschlossenen Stuben, die selten gereinigt werden und in welchen sich im Winter so dicke Wolken von Öl- und Tranlampen und anderen Ausdünstungen befinden, daß man ersticken möchte. Wohnstuben, in welche durch geöffnete Fenster frische Luft hineindringen könnte, sind selten. Jede zerbrochene Fensterscheibe wird, falls kein Glaser in der Nähe ist, mit Papier verkleistert oder mit schmutzigen Lumpen verstopft. [...] Durch die eingewurzelte Vertraulichkeit beider Geschlechter und die schamlose Unbefangenheit, womit auch die Eheleute von Dingen sprechen, die kein Ohr des Jünglings oder der Jungfrau hören sollte, wird unter dem Volke der Geschlechtstrieb zu früh entwickelt und in Gährung gebracht. Der unbegüterte Bauer schläft mit seinem Weibe und erwachsenen Kindern, ja, oft mit dem Gesinde in einem Bette. Letztere werden Zeugen ehelicher Vertraulichkeiten und Zuhörer von Gesprächen, die den letzten noch übrigen Funken keuscher Zurückhaltung ersticken.

Unmäßigkeit und vorzüglich Trunkenheit ist ein allgemein eingewurzeltes Laster, dem selbst der unbegüterte Bauer nicht widerstehen kann. Es äußert sich am sichtbarsten bei Hochzeiten, Kindtaufen, Einrichtungen neuer Wohnungen und wenn er Gelegenheit hat, benachbarte Städte zu besuchen. Er säuft Branntwein wie Wasser und würde sich Schlagflüsse auf der Stelle zuziehen, wenn er nicht reichlich seinen Magen mit schweren Speisen versorgte. Er ist mißtrauisch gegen neue Entdeckungen, Kunstgriffe, ökonomische Vorteile und vorzüglich gegen Vorschläge, welche Verbesserungen des öffentlichen Gottesdienstes und des Schulwesens zum Zwecke haben, und er erkennt die Kurzsichtigkeit und Eingeschränktheit seiner Verstandes erst dann, wenn ihm die nützlichen Folgen sonnenklar in die Augen leuchten.

Flucht aus Düsseldorf

Am Freitag, dem 3. Oktober, als ich in Düsseldorf war, sah ich Unmengen von Feldgeschützen und Munitionswagen, von denen die Fliegende Brücke ständig besetzt war. Dieser Rückzug war für mich sehr alarmierend. Ich wurde noch mehr beunruhigt, als ich von dem Uhrmacher, zu dem ich gegangen war, weil ich ein neues Uhrglas benötigte, erfuhr, dass die Republikaner schon in Jülich seien. Nun bestand kein Zweifel mehr, dass sie bald am Rheinufer stehen würden.

Und so kam es auch: Am darauffolgenden Tag, dem 4. Oktober, hörten wir plötzlich im Laufe des Nachmittags Kanonenschüsse, die so nahe waren, dass es bei uns den Eindruck erweckte, sie kämen aus Düsseldorf selbst. Wir alle erschraken. Wir fragten einander, woher dieses Geschützfeuer käme. Die einen meinten, es seien die auf der Stadtmauer aufgestellten Kanonen, die man ausprobiere; die anderen behaupteten, die Österreicher würden den heiligen Franz, den Schutzheiligen des Kaisers, feiern. Wir bemühten uns, meiner Frau Letzteres einzureden, weil sie noch mehr Angst hatte als die anderen. Noch andere sagten, es seien die Republikaner, die an diesem Tag in Neuss einmarschiert seien, was wir letztlich für das Wahrscheinlichste hielten.

Dies hatte zur Folge, dass wir das Datum unserer Abreise änderten. Wir traten am folgenden Tag unsere Reise an. Ursprünglich sollten die ersten Wagen bis Dortmund fahren und erst dann die Pferde zurückgeschickt werden. Stattdessen wurde beschlossen, dass sie zunächst bis Mülheim fahren würden, das fünf Meilen von unserem Dorf entfernt war. Die anderen Wagen sollten am Dienstag, dem 7. Oktober, nachkommen.

Meine Frau, der es den Umständen entsprechend zum Glück gut ging, beschloss, sich noch vor unserer Abreise von ihrer Niederkunft reinigen zu lassen. Diese Zeremonie weicht von unserer insofern ab, als der Pfarrer die Wöchnerin von dort abholt, wo sie sich mit der Hebamme befindet, und sie zum Altar führt. Als das erledigt war, haben wir unsere Koffer gepackt.

Am 5. Oktober wurden schon im Morgengrauen zwei Karren beladen, und wir warteten ungeduldig auf die Koffer von Herrn de Ruesnes und auf sein Pferd, das einer von uns aus Düsseldorf holen sollte. Aber da der pfälzische Kurfürst dringend Pferde benötigte, wurden alle requiriert, denen man begegnete. Deshalb fürchteten wir, dass das Pferd von Herrn de Ruesnes beim Verlassen der Stadt beschlagnahmt würde. Wir machten uns deswegen die größten Sorgen, als er gegen elf Uhr dann doch noch ankam. In aller Eile luden wir seine Koffer auf und fuhren los. Frau de Gheugnies und ihre Töchter wollten an diesem Tag mitfahren, und sie stiegen auf den hinter unsere zwei Pferde gespannten Karren, der von Schwager Dubuisson und Bruil geführt wurde. Saint-Jean führte den Wagen seines Herrn, der von seinem Pferd und dem von Herrn de Ruesnes gezogen wurde.

Ich begleitete sie bis zum Ende des Dorfes. Dort wurde ich Zeuge eines äußerst traurigen Schauspiels. Es war ein einziger Zug von Emigranten, die beim Herankommen der Republikaner die Stadt Düsseldorf und ihre Umgebung fluchtartig verließen, wo sich dreißigtausend aufgehalten haben sollten. Ich glaube jedoch, dass diese Zahl übertrieben war, denn zu dieser Zeit zählte Düsseldorf ungefähr zehntausend Einwohner. Ich sah überladene Zuchtesel, von Frauen mit Rüschenkragen und Hut geführt. Andere schoben ihr Gepäck auf Handkarren, und überall standen Karren und sonstige Wagen. Die meisten jedoch trugen ihre Bündel auf dem Rücken. Was meine Aufmerksamkeit am meisten in Anspruch nahm, waren gut angezogene acht bis neun Jahre alte Kinder, die auch vollgepackt waren. Bei diesem Anblick überkam mich ein Gefühl der Traurigkeit.

Ich war gerade zu Hause angekommen, als wir erneut die Kanonade hörten, als wäre diese unmittelbar aus dem Dorf gekommen. Weit entfernt war es in der Tat nicht, denn die Republikaner waren inzwischen am Rheinufer. Nur noch dieser Fluss trennte uns von ihnen.

Da ich einen Brief von Onkel Baudry erwartete, ging ich nachmittags zur Post nach Düsseldorf. Es gab nichts Bedrückenderes als den langen Zug der Leute, die aus der Stadt flohen. Überall versuchten sie, ihren Besitz zu retten. Ich ging zum Rheintor, durch das keiner mehr durchgelassen wurde. Dies geschah in der Tat nicht ohne Grund, denn ich sah ganz genau, wie die Republikaner am anderen Ufer frech flanierten. Dieses Schauspiel gab mir Anlass zur Besorgnis über unser weiteres Leben. Ich fürchtete, dass die Republikaner uns keine Zeit geben würden, uns zu retten. Unterwegs traf ich einige Dragoner, denen ich meine Befürchtungen mitteilte. Sie beruhigten mich und sagten, dass ich unbesorgt sein solle, da, sollten die Republikaner auf das andere Ufer überzusetzen versuchen, dieses nicht sofort geschehen würde.

Etwas später kam Herr de Sars, der berühmte Wappenforscher aus Valenciennes, zu uns, um uns einen guten Abend zu wünschen. Er erzählte, dass er von einer Anhöhe aus mit Hilfe eines Fernrohrs ganz deutlich habe beobachten können, wie Kanoniere der Republikaner eine Batterie auf Düsseldorf gerichtet hätten, dass sie wahrscheinlich in der Nacht die Stadt unter Beschuss nehmen würden und dass der pfälzische Kommandant kurz davor sei, die Stadt zu übergeben.

Am folgenden Tag erfuhren wir, der österreichische General habe die kurfürstlichen Soldaten aus der Stadt abziehen lassen und durch seine eigenen Truppen ersetzt. Gleichwohl machten wir, meine Frau und ich, uns große Sorgen. Es kam uns sehr gewagt vor, bis Dienstag mit unserer Abreise zu warten. Glücklicherweise hatte mein Schwager die Kanonade unterwegs auch gehört, und da er wusste, in welcher Not meine Frau sich befand, beschloss er, noch an demselben Abend die Pferde zurückzuschicken, nachdem er sein erstes Quartier erreicht hatte. Wir waren nicht wenig überrascht, als man uns um ein Uhr nachts davon unterrichtete, die Pferde seien wieder da.

Am Morgen des 6. Oktober machte sich der zweite Teil unserer Kolonne auf den Weg. Nur widerwillig verließ ich Derendorf, wo wir uns angeschickt hatten, einen angenehmen Winter zu verbringen.

Mit vielen anderen Emigranten erreichten wir ohne nennenswerte Zwischenfälle Ratingen, ein von Düsseldorf zwei Meilen entferntes Dörfchen. Ohne anzuhalten, fuhren wir weiter Richtung Mülheim und hofften, noch vor Einbruch der Dunkelheit dort einzutreffen. Aber die Wege wurden immer schwieriger, eins der Pferde brach zusammen, immer wieder mussten wir eines abspannen und das andere wieder anspannen, was uns viel Zeit kostete.

Im ersten Wirtshaus auf dem Weg, an dem wir angehalten hatten, wurde uns die Übernachtung verweigert. Wir konnten jedoch nicht weiterfahren. So banden wir unsere Pferde an einem Schlagbaum fest. Meine Frau stieg aus dem Wagen. Der Saal in der Gaststätte war verraucht. Meine Frau aß ein Stück Brot, das wir zum Glück mitgebracht hatten. Da der Wirt sich mitleidslos geweigert hatte, armen Bauern, Flüchtlingen wie wir, Brot zu geben, bot ich ihnen welches an, das sie gerne nahmen. Während meine Frau, unsere Kinder, Fräulein de Gheugnies und die Hausgehilfinnen sich, so gut es ging, im Wagen Schutz für die Nacht suchten, während Saint-Jean und Bruil, die Hausdiener, die beide schon eine schlaflose Nacht hinter sich hatten, sich recht und schlecht in einem Pferdestall erholten, stand ich selbst Wache.

Mitten in der Nacht fingen die Kanonen an zu donnern. In einem solchen Augenblick – wir hatten unser Lager am Waldrand aufgeschlagen, meine Frau und meine Kinder waren in einer höchst unangenehmen Situation – überfiel mich ein Gefühl tiefster Trauer. Mir schossen traurige Gedanken durch den Kopf, und trotz allem, was mir einfiel, um unsere Lage zu mildern, sah ich keinen beruhigenden Ausweg. Allein Gott konnte mir in diesem Augenblick ein Trost sein.

Inzwischen donnerten die Kanonen immer grausamer. Ich ging davon aus, es sei der Angriff auf Düsseldorf, und ich irrte mich dabei nicht. Ein Gast aus Aachen, der in dem Wirtshaus war, klagte darüber, dass seine Tochter in der Stadt geblieben sei. Um mich herum sah ich eigentlich nur Unglückliche.

Emigranten-Verordnungen im Herzogtum Berg

25. Februar 1794: Den neu ankommenden französischen Emigranten soll bei 25 Reichstalern Strafe kein längerer Aufenthalt als zweimal vierundzwanzig Stunden gestattet werden, und wird den im Lande befindlichen, zum Kriegsdienst tauglichen Emigranten eine Auswanderungsfrist bis zum 1. April dieses Jahres unter dem Nachweis gesetzt, daß sie nach deren Ablauf zwangsweise des Landes verwiesen werden sollen.

17. Oktober 1794: Den Beamten wird, wegen des drohenden Mangels an Brot und Lebensmitteln, bei Suspensionsstrafe wiederholt befohlen, die im bergischen Lande noch befindlichen französischen Emigranten binnen einer Frist von 12 Stunden zu verweisen, nach Ablauf der Frist Hausvisitationen anzustellen und die dieses Gebot verletzenden Untertanen mit 50 Reichstalern Geldbuße zu bestrafen.

21. April 1795: Die trotz der häufigen Verbote noch im Lande befindlichen französischen Emigranten sollen unverzüglich und spätestens binnen drei Tagen, bei Vermeidung der früher bestimmten Strafen, des Landes verwiesen werden.

Am frühen Morgen zog unsere kleine Kolonne weiter und stieß eine Viertelmeile vor Mülheim auf die Familie de Gheugnies und den Pfarrer von Condé. An der Ruhr verloren wir viel Zeit. Die Schlange war so lang, dass ich gegen halb neun aus Neugier die Wagen, die vor uns standen, zählte. Es waren siebzig an der Zahl, und die Schlange derer, die hinter uns standen, reichte über eine Dreiviertelmeile bis in das Dorf, das wir soeben verlassen hatten.

Während wir warteten, schaute ich mir dieses Schauspiel an, das in mir gemischte Gefühle hervorrief. Bald wurde ich traurig, bald tröstete mich der Anblick dieser Menschen, die mein Los teilten. Um acht Uhr an diesem Ort angekommen, durften wir erst um halb drei den Fluss überqueren.

In Mülheim und Essen

Mülheim

In Mülheim eingetroffen, bezogen wir zwei geräumige Zimmer, die man uns nicht ohne Schwierigkeiten bei einem Stärke-Hersteller vermietet hatte.

Am 9. Oktober brachen Herr de Ruesnes, Schwager Dubuisson und Herr Amé de Gheugnies sowie Saint-Jean und Bruil auf nach Dortmund, während dem Rest der Gruppe nichts anderes übrigblieb, als auf die Rückkehr der Wagen zu warten. In der Nacht vor ihrem Aufbruch herrschte große Aufregung. Plötzlich hatten wir die große Glocke der Stadt läuten hören, dann waren Schreie laut geworden, und an alle Türen war wiederholt geklopft worden. Wir gerieten in Panik. Ein einziger und selber Gedanke ging uns durch den Kopf: Der Rhein ist überquert worden, die Republikaner sind im Anmarsch, und ihretwegen ist Alarm geschlagen worden. Wir wagten es nicht, die Türen aufzuschließen, um uns zu erkundigen. Auf der Lauer liegend, sahen wir durch die Türritzen, wie Leute auf der Straße Eimer und andere Behälter hin und her trugen. Es war nur ein Brand!

Ich beschloss, mir am Morgen die Stadt anzusehen, die sehr alt und schlecht gebaut war. Spuren der Vergangenheit waren jedoch erhalten geblieben, wie auf dem Kirchmarkt und dem Alten Markt. Dieses Stadtviertel zeigte eine malerische Mischung verschiedener Stilarten: spitze Giebelhäuser mit vorspringenden Stockwerken, blau schimmernde Giebel, eine Brücke, die zu einem terrassenförmigen Platz führt und deren Bogen sich über eine steile Straße spannt, rechteckige Fassaden mit Vorbauten, die über enge Gassen hinausragen, als wollten sie besser sehen können, weiß getünchte Häuser mit grünen Fensterläden, wie verstrickt in einem Netz von schwarzen Balken. Die Straßen gehen hoch und runter.

Die herrschende Religion ist die protestantische. Ihre Anhänger haben eine große, jedoch sehr schmutzige Kirche. Auch viele Juden leben hier, die eine recht schöne Synagoge haben. Es gibt sehr wenige Katholiken, die anscheinend sehr arm sind. Dies belegt die Kirche, in die ich zur Messe ging. Sie war nur kärglich geschmückt.

An dem Nachmittag besuchte ich mit Herrn de Gheugnies eine Papiermühle, die sich am anderen Flussufer befand. Zu erfahren, wie Papier hergestellt wurde, war für mich eine große Freude. Mit viel Freundlichkeit zeigten uns die Arbeiterinnen die verschiedenen Verarbeitungsphasen. Dass diese Mühle durch einen Wasserfall, den der Fluss an dieser

Mülheim a/d Ruhr

Stelle bildete, angetrieben wurde, beeindruckte mich sehr. Der Anblick war einfach herrlich. Von weitem konnte man das Plätschern des Wasserfalls hören, sogar von unserer Wohnung aus. Es machte in der Nacht einen traurigen Eindruck.

Nachdem wir die Wassermühle verlassen hatten und am anderen Ufer angekommen waren, verführte mich die Aussicht zu einem Spaziergang. Ich nahm Abschied von Herrn de Gheugnies und ging über eine Viertelmeile spazieren. Die Landschaft war wunderbar, sowohl die Felder und die umliegenden Hügel als auch die zahlreichen flachen Schiffe auf dem Fluss. Vorwiegend beförderten sie Kohle, welche die Haupthandelsware der Einheimischen darstellt. Einige dieser Schiffe waren auch mit Kopfkohl beladen. Die Ruhr war bestimmt reich an Lachsen, denn ich hätte auf dem Markt welche für nur fünf Sous kaufen können.

Von meinem Spaziergang entzückt, ging ich quer durch das Land zu unserer Wohnung zurück, wo ich erfuhr, dass eine Anordnung der Stadtverwaltung den Flüchtlingen befahl, sich nicht mehr als vierundzwanzig Stunden in der Stadt aufzuhalten. Sie überraschte uns umso weniger, als wir wussten, dass einen Monat oder sechs Wochen vorher die Stadtbürger gegen die damaligen Emigranten aufgestanden waren. Sie protestierten gegen die Verteuerung der Waren, welche die Flüchtlinge durch ihre große Anzahl ausgelöst hatte, und seitdem konnte man sie nicht mehr leiden.

Am 10. Oktober gegen sieben Uhr morgens brachen wir nach Essen auf, das drei Meilen von Mülheim entfernt ist.

Essen

Als wir an den Toren vor Essen angelangt waren, fiel mir sein unangenehmes und trauriges Aussehen auf. Man fährt in die Stadt hinein über eine enge, sehr steile und mit unebenen groben Steinen gepflasterte Straße. Unglaublich schlecht gebaut und schwarz sehen die Häuser aus, als hätte man sie mit Absicht geschwärzt. Diese Verfärbung wurde von dem Rauch verursacht, der aus Ofenrohren emporsteigt. Jene in diesen Gegenden sehr verbreiteten Rohre stehen direkt an den Häusern, und sie verlaufen nicht durch Schornsteine, die nur selten zu sehen sind. Diese Stimmung färbte auf mich ab.

Außerdem hätten wir beinahe auf der Straße übernachten müssen. Ich ging nämlich zu allen Gaststätten und zu mehreren bürgerlichen Häusern, aber überall wurden wir zurückgewiesen. Ich habe sogar Leute erlebt, die, nachdem ich an ihre Tür geklopft hatte, ein kleines Türfenster öffneten, in dem ein schmutziges und griesgrämiges Gesicht erschien, das mir mit einem trockenen Nein antwortete und mir das Fenster vor der Nase zuknallte. Andere besaßen die Unanständigkeit, mir Speicher oder Pferdeställe anzubieten.

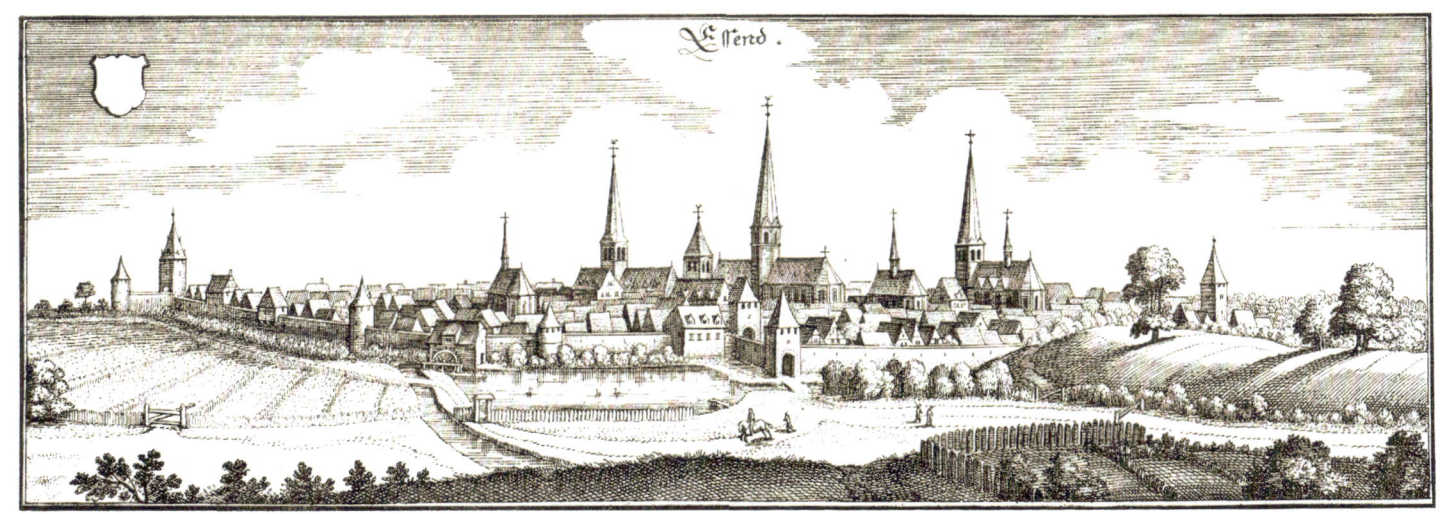

Nach langem Suchen fanden wir schließlich ein großes Zimmer, in dem drei Hobelbänke standen. Der Hof war voller Mist und Abfall. Wir hatten dennoch keine andere Wahl. Obwohl es so unbequem war – wir hatten keine Stühle und mussten Holzbretter als Sitze benutzen –, haben wir drei Taler zahlen müssen für die vier Tage, an denen wir in diesem erbärmlichen Zimmer hausen mussten.

Während meines Aufenthaltes in dieser trostlosen Stadt versuchte ich irgendetwas Sehenswertes zu entdecken; aber überall erblickte ich nur die größte Unsauberkeit.

Die Tracht der Frauen war recht merkwürdig. Fast alle trugen einen schwarzen Unterrock und ein Korsett, ebenfalls schwarz und mit einer silbernen Borte verziert. Über einem kleinen, straff aufgesetzten Hut haben sie ein Tuch, zurechtgelegt wie der weiße Schleier einer Nonne. Des Öfteren verwechselte ich sie auch mit denen.

Die verbreitetste Religion ist die protestantische. Es gibt jedoch eine katholische Gemeinde, die Johanniskirche, angebaut an eine andere große Stiftsdamen-Kirche, die Münsterkirche. In dieser Kirche befand sich eine wunderbare Madonna, die man dem Anschein nach sehr verehrte. Zu ihr kamen Pilger sogar aus Düsseldorf mit Kreuz, Banner und Musik. Ich merkte, dass sie sehr fromm waren. Die Äbtissin des Stiftes Essen hat den Titel Fürstäbtissin.

Die Fürstäbtissin und Rat der Stadt Essen waren sich nicht immer einig. Nur zum Trotz soll sich der Rat geweigert haben, die Pflasterung in der Stadt instand zu setzen.

In der Kirche, die mit der Pfarrgemeinde einen einzigen Bau zu bilden scheint, sah ich einmal eine Äbtissin, wie eine Hofdame geschmückt, elegant sitzen; ihr gegenüber standen zwei Laien, die, mit dem rechten Fuß den Takt schlagend, mit ihr Psalmen sangen, was mich in hohem Maße entrüstete.

In dieser Stadt gibt es, neben einer Synagoge für die Juden, ebenfalls ein Kloster für die Nonnen der Heimsuchung Mariä sowie ein Kapuzinerkloster, dessen Kirche hübsch und nüchtern geschmückt ist. Während ich in dieser Kirche dem Hochamt beiwohnte, hörte ich Kanonendonner. Dies beunruhigte mich nur sehr kurz, denn mit der Zeit hatte ich mich langsam daran gewöhnt. Inzwischen habe ich erfahren, dass er von den Republikanern herrührte, die auf die Fliegende Brücke bei Grimlinghausen[23] geschossen hatten. Ich ging weiter auf dem Wall spazieren, dessen Wachtürme und Gemäuer mir sehr alt vorkamen, so, als wären sie zur Zeit der Römer gebaut worden.

Am nächsten Tag überschatteten die düsteren Berichte einiger Rückkehrender unseren Optimismus, in Dortmund endlich geeignete Verhältnisse finden zu können: Abscheuliche Wege, unerschwingliche Mieten sollten dort an der Tagesordnung sein. Unsere Entschlossenheit wankte. Herr de Gheugnies versuchte mich zu überreden, nun nach Bochum zu ziehen, einem von Essen drei Meilen entfernten Dorf auf dem Weg nach Dortmund. Ich war jedoch gegen jegliche überstürzte Entscheidung und traute jenem vielleicht zu schwarz gemalten Bericht nicht, so dass ich mich weigerte, die Sache übers Knie zu brechen, ohne vorher mit Schwager Dubuisson darüber beraten zu haben. Also bestand ich auf unserem ursprünglichen Beschluss, in Essen auf die Rückkehr der Pferde zu warten. Diese kamen schließlich am 12. in der Abendstunde an, und am 13. verließen wir endlich die trostlose Stadt Essen.

Wir fuhren über die kleine Stadt Steele, wo es eine schöne Schule und eine Glasbläserei gab. Die Straße wurde gut instand gehalten. Auf allen großen Straßen Preußens muss man die Hauptstraße benutzen und nie die Seitenwege, obwohl sie sehr schön sind. Wenn die Straßenarbeiter, die alle das Zeichen des preußischen Königs am Hut hatten und in regelmäßigem Abstand mit der Instandsetzung der Straße beschäftigt waren, gesehen hätten, wie wir uns verkehrswidrig verhielten, hätten sie gegen uns eine Geldstrafe von drei Talern verhängt. Schließlich erreichten wir Bochum.

[23]Grimlinghausen, heute Stadtteil von Neuss. Jedoch erscheint es unmöglich, dass Paillot während eines Hochamtes in einer Essener Kirche Kanonendonner von jenseits des Rheins bei Neuss gehört haben kann.

Geldbußen im Straßenverkehr von Steele

1. Wenn mehrere sich folgende Gefähre auf dem Weg und den Straßen sich nicht verbreiten, sondern nacheinander auf einer Spur fahren, zahlet jeder fehlende Fuhrmann … 24 Stüber

2. Wer in einem etwas vertieften Geleise auf der Chaussee oder aufm Pflaster fahret … 24 Stüber

3. Wer in einer engen Straße der Stadt stille hält und dadurch die Passage sperret, zahlet … 10 Stüber

4. Jeder, welcher auf einer breiten Straße stille halten will, ist gehalten, so weit seitwärts zu fahren, daß jeder andere gemächlich vorbeifahren kann; der dawiderhandelt, zahlet jedesmal … 10 Stüber

5. Wenn sich Gefähre auf der Straße begegnen, so muß jedes nach seiner Seite rechts abweichen, und zwar so weit, daß sie gemächlich vorbeikommen können, bei Strafe von … 24 Stüber

6. Niemandem ist erlaubt, den Kehricht aus den Häusern oder sonstigen Unrat, es sei an Aschen, Gemüseabfällen oder wie es Namen haben mag, auf die Straße zu werfen. Auf jeden Kontraventionsfall zahlt der Übertreter oder, wenn dieser nicht ertappt wird, der Bewohner des Hauses, wovor sich Unrat findet … 6 Stüber

7. Es ist verboten, den Unrat vom Bauen, auch selbst die Materialien, sei es an Holz, Steinen, Sand oder dergleichen, auf den Straßen zu hinterlegen, bei Strafe von … 1 Taler

8. Desgleichen darf keine Mistgrube nächst den neuen Straßen angelegt oder die wirklich vorhandenen ferner zur Hinterlegung des Düngers gebraucht werden bei Strafe von … 1 Taler

9. Wer sich unterfangen sollte, durch irgendeine Art den Wasserabfluß zu hemmen oder zu hindern, zahlt neben dem Ersatz des Schadens, der etwa daraus entstehen sollte … 1 Taler

10. Wer irgend auf eine Art etwas zur Verengung der Straßen anleget, muß solches ungesäumt wegschaffen und zahlt an Strafe … 1 Taler

11. Wer sich den Wegaufsehern widersetzt, zahlt zur Strafe … 1 Taler

12. Derjenige, welcher das Pflastergeld hinterzieht und darüber ertappt wird, zahlt zur Strafe das zehnfache dessen, was er sonst an Pflastergeld zahlen müßte.

Von Bochum nach Dortmund und zurück

In Bochum trafen wir Herrn und Frau de Gheugnies wieder, die am Tage zuvor angekommen waren. Da ich mich mit Schwager Bernard besprechen wollte, fuhr ich am 14. nach Dortmund, nur von Bruil und Saint-Jean begleitet, die das Gepäck von Herrn de Gheugnies zurückbringen sollten.

Um 10 Uhr brachen wir nach Dortmund auf, von dem wir gut vier Meilen entfernt waren. Das war eine schöne preußische Straße. Die Gebühren an den zahlreichen Zollschranken waren sehr hoch. Damit man sie nicht hinterziehen kann, bekommt man an der einen Zollschranke einen gedruckten Beleg, den man an der nächsten wieder abgeben muss.

An der ersten Zollschranke auf unserem Weg verließen wir die große Straße, die nach Frankfurt führt, und schlugen die Richtung Hamm ein. Diese Gegend fand ich sehr schön, und sie kam mir sehr reich vor. Der Boden ist fruchtbar und wird recht gut genutzt. Wir erreichten ein kleines Dorf, in dem mir eine alte, mit grauen flachen Steinplatten gedeckte Kirche auffiel.

Von dem Zeitpunkt an, an dem wir das Dorf verließen, war es auch vorbei mit dem schönen Flachland, das wir vorher gesehen hatten. Jetzt erstreckte sich vor uns eine Art Heidelandschaft, deren Eintönigkeit von vielen Steinkohlegruben durchbrochen wurde. Dieser Brennstoff ist in diesen Gegenden sehr verbreitet. In der Hansestadt Dortmund wird er für sechs Sous das Maß verkauft, während dieselbe Menge siebeneinhalb Sous auf preußischem Gebiet kostet. Abgebaut wird schlicht und einfach und ohne besondere Vorkehrungen mit Hilfe einer Seilwinde, die bis dreißig Meter Tiefe reichen konnte. Sollte das Grundwasser die Arbeiter stören, so geben sie die Grube auf und fangen woanders an. Die Grube, die sehr eng ist, ist einfach von einem Strohdach überdeckt. Die Gewinnung ist so wenig kostspielig, dass jede Privatperson, wie es scheint, das Recht besitzt, sich daran zu beteiligen.

Man hatte mich vor schlechten Streckenabschnitten gewarnt, und ich konnte sie über Nebenstraßen umgehen. Ich erreichte schließlich Dortmund und traf dort meinen Schwager Dubuisson, der mir mitteilte, in dieser Stadt bleiben zu wollen. Ich beschloss, zurück nach Bochum zu fahren und dort noch einige Tage zu bleiben, bis er für uns eine bessere Wohnung in der Hansestadt gefunden hätte. Um die Zeit zu vertreiben, ging ich viel spazieren und besuchte in Bochum verbliebene Landsleute.

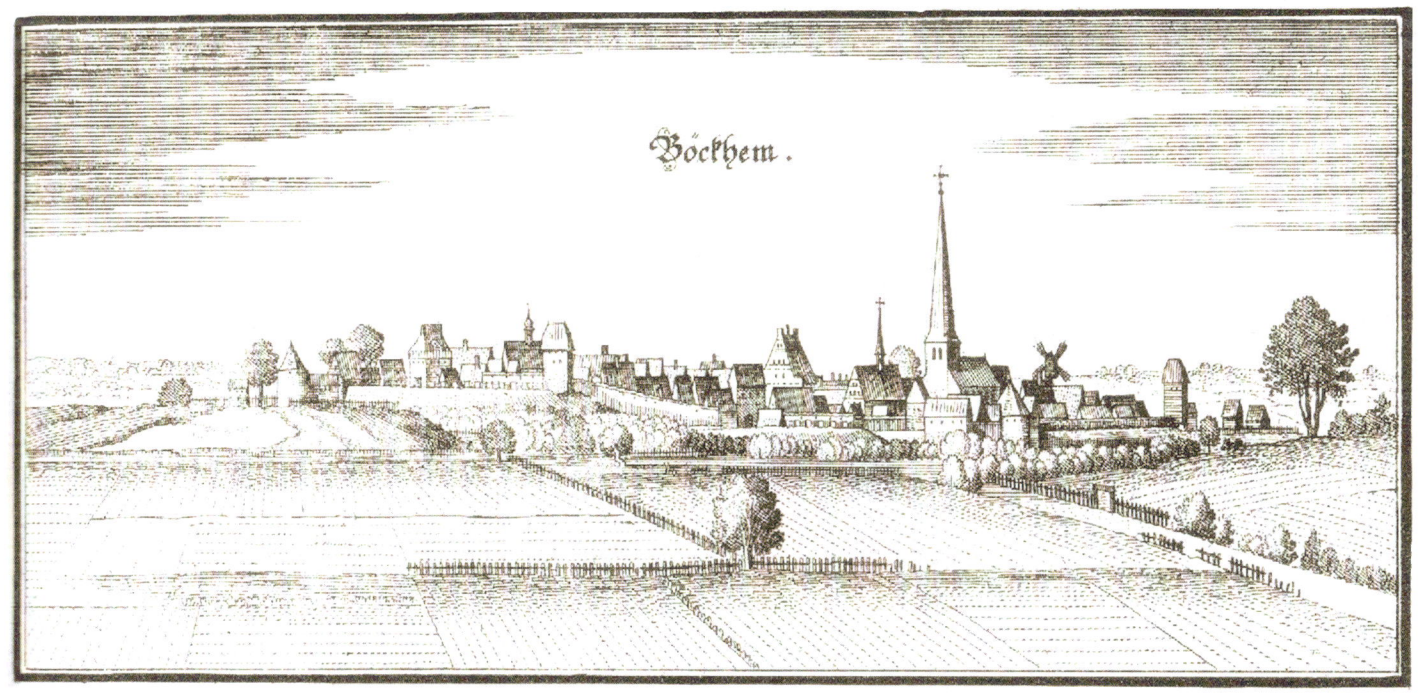

Böckhem.

Dieser Ort ist klein und eher mittellos. Ich bemerkte auch nichts Interessantes. Es gibt eine katholische und zwei reformierte Kirchen. In einem bürgerlichen Haus haben die Juden ihre Synagoge.

Die Stadt, im Besitz des preußischen Königs, hat eine seltsame Methode, Streitkräfte auszuheben. Ein Amtsdiener geht auf die Straße und bläst das Horn oder ein anderes Instrument, woraufhin die Bürger gezwungen sind, aus den Häusern mit Schlagstöcken, Heugabeln oder Gewehren herauszukommen. So geschah es auch in den Dörfern.

In Dortmund

Am 20. Oktober nahmen meine Frau, meine Kinder und ich Abschied von der Familie de Gheugnies, wir verließen Bochum und ließen uns in Dortmund nieder.

Seinem Auftrag, uns eine Unterkunft zu besorgen, hatte Schwager Dubuission nicht nachkommen können. Durch die Anwesenheit vieler Emigranten knapp und teuer geworden, war es sehr schwierig, eine zu finden. Also zogen wir in die Wohnung ein, die mein Schwager und die Herren de Ruesnes seit ihrer Ankunft bewohnten, und wir hofften, bis zum nächsten Monat eine bessere zu finden. Diese Unterkunft, die sich in dem Haus eines Fleischers mit dem Namen Quadbech[24] befand, bestand unten aus einem großen Zimmer. Zwei Tische und ein paar Stühle bildeten die einzige Möbelausstattung. Am Tage darauf baute Bruil das schlechte Bett ohne Vorhänge zusammen, das er für uns damals in Derendorf gezimmert hatte. Meine armen Kinder und die Hausdienerinnen schliefen in demselben Zimmer unmittelbar auf dem Fußboden auf Strohmatten. Dieses Zimmer diente auch als Heizraum, was nicht sehr praktisch war.

Ich weiß nicht mehr genau, wie die de Ruesnes dieses Gemeinschaftsleben ausgehalten haben. Sicher ist nur, dass wir keinen Anlass hatten, uns über sie zu beschweren. Sie teilten sich oben ein Zimmer mit Schwager Dubuisson, der auf einer Matratze schlief, während sie ein richtiges Bett hatten. Mein Pferd hatte im Stall Platz gefunden, und mein Kabriolett wurde in der Scheune abgestellt. Für diese trostlose Wohnung mussten wir zehn Taler monatlich zahlen; allerdings durften wir auch die Küche benutzen.

Ich hoffte jetzt, dass wir in Dortmund überwintern könnten. Ich versuchte mit allen Mitteln, meine Ausgaben einzuschränken. Zuallererst bot ich ein Pferd zum Verkauf an, doch trotz aller meiner Bemühungen bekam ich dafür nur siebenunddreißig Taler. Am Essen wurde ebenfalls gespart. Morgens ein bisschen Milch, zum Mittagessen Kartoffeln und gekochtes Rindfleisch: Das war unsere Alltagskost.

Jeder hatte seine besonderen Verpflichtungen. Abt de Ruesnes kümmerte sich um die Aufgaben seines Amtes und bereitete die Predigten vor, die er uns während der Adventszeit dreimal wöchentlich halten wollte. Von Zeit zu Zeit hörten wir uns die Predigten eines französischen Dominikaners an. Herr de Ruesnes und meine Frau verwalteten sparsam unsere Ausgaben. Mein Schwager Dubuisson, der etwas Deutsch konnte, war unser Dolmetscher. Außerdem war er beauftragt, Brennholz für unsere Gemeinschaft zu hacken. Ich musste immer zum Markt gehen, der zweimal in der Woche stattfand, und Herr de Ruesnes und ich mussten eine Dreiviertelmeile von Dortmund entfernt Steinkohle holen, von der wir einen Sack füllten, den wir dann auf unser Pferd luden. Es war wahrscheinlich schon merkwürdig anzusehen, wie ich, in meinen Mantel eingehüllt, dessen Kragen und Ärmelaufschläge goldbestickt waren, das arme Tier mit seiner Ladung am Zügel führte.

Die letzten Oktobertage wurden der Suche nach einer bequemeren Wohnung gewidmet. So ging ich von Tür zu Tür, aber der Erfolg blieb aus. Zum Glück hatten wir uns inzwischen an unsere Wohnung gewöhnt. Mit unserem Vermieter trafen wir schließlich eine Abmachung, nach welcher er uns für die nächsten Monate ein zusätzliches kleines Zimmer für zwei Taler zur Verfügung stellen würde. Dadurch kamen wir auf eine Monatsmiete von zwölf Talern.

Nach Allerheiligen gestaltete ich meine Zeit, wie ich es in Derendorf getan hatte. Ich unterrichtete wieder meine Kinder, und bei der Älteren legte ich den Schwerpunkt auf das Schreiben. Die Einkäufe, die ich für die ohnehin schon sehr beschäftigten Hausdienerinnen erledigte, und die Pflege meines Pferdes nahmen viel Zeit in Anspruch. Überdies bekamen wir des Öfteren Besuch von Bekannten. Unter allen diesen Leuten unterhielt meine Frau vor allem Beziehungen zu ihrer ehemaligen Freundin, dem armen Fräulein Benoit. Sie wohnte in der Nähe der Kirche, und wenn meine Frau zur Messe ging, nutzte sie jedes Mal die Gelegenheit, sie zu besuchen. Zusammen schütteten sie ihr Herz aus und trösteten einander über das gemeinsame Unglück hinweg.

Während der langen Winterabende – es war der ruhigste Moment, denn die Kinder lagen bereits im Bett – schrieb ich zum Spaß dieses Tagebuch oder ich strickte. Manchmal zerstreuten wir uns, indem wir Dame spielten. Wir haben viel verloren, als wir Düsseldorf und seine Umgebung verlassen mussten. Dortmund hatte nämlich keinerlei Vergnügungsmöglichkeiten zu bieten.

Diese Hansestadt, die unter dem Schutz des preußischen Königs steht, befindet sich im Herzogtum Westfalen. Ihre Lage – sie liegt abseits der wichtigen Verkehrsverbindungen – macht sie nicht gerade verlockend. Sie ist mindestens so groß wie Valenciennes, zählt jedoch nur achthundert Häuser. Die meisten Straßen in der Nähe der Stadtmauer sind nicht einmal gepflastert. Sie führen nur zu Gärten oder großen Häusern, von denen einige zu den hübschesten in der Stadt gehören und die von deutschen Gutsherren bewohnt werden. Die meisten Einwohner wohnen in der Stadtmitte. In der Regel sind die Häuser schlecht gebaut worden. Es sind Fachwerkhäuser, deren Gefach angefüllt war mit unbearbeiteten

Bruchsteinen oder weiß getünchtem Lehm. Sie stehen mit dem Giebel zur Straße, so dass das Wasser von den Dächern auf die sehr engen Gassen herunterrinnt, was im Sommer oder bei Regen einen unwahrscheinlich üblen Gestank verursacht. Jedes Haus ist vom anderen durch eine ein oder zwei Fuß breite Gasse getrennt, ein Überbleibsel aus altertümlichen Traditionen, von denen es noch heute Spuren gibt.

Die Stadtmauer wäre schon schön, wenn sie etwas besser instand gehalten würde. Die Stadt hat sechs Tore, die im Winter gegen vier Uhr geschlossen werden; für einen Sou pro Person werden sie allerdings wieder geöffnet, wenn jemand sie passieren möchte. Obgleich die Stadt keine großen Straßenverbindungen mit den anderen Städten besitzt, gibt es viele reich aussehende Kaufleute, die in Zünften streng organisiert sind.

In Dortmund gibt es Bräuche, die ich seltsam fand. Nachts, von zehn Uhr abends bis vier Uhr morgens, geht ein Wächter durch die Straßen und verkündet die Uhrzeit, indem er an jeder Straßenecke in ein schauriges und ohrenbetäubendes Jagdhorn bläst. Es machte einen schrecklichen Krach.

Die Scheunendrescher, die gewöhnlich in Siebenergruppen gehen und für jeden arbeiten, der sie braucht, pflegen ihren Tag um zwei Uhr nachts anzufangen, wahrscheinlich auch um einen am Schlafen zu hindern. Da die meisten Einwohner ihre Felder bebauen und da fast jeder eine Scheune an der Straße hat, um die Ernte einzufahren, verursachen die Drescher einen einzigartigen Lärm und sorgten im Winter für ein frühes Aufstehen.

Noch etwas Merkwürdiges ist mir aufgefallen: Sonntags und mittwochs gehen sieben oder acht zwischen sieben und fünfzehn Jahre alte Schüler singend und musizierend von Tür zu Tür, wofür sie ein bisschen Geld bekommen.

Die Wohnräume in Dortmund sind sehr dreckig, denn das Feuer wird in Öfen gemacht, die nicht wie bei uns mit einem Schornstein verbunden sind. Das Ofenrohr mündet, wie schon in Essen gesehen, vor dem Haus, was auf den Straßen einen unangenehmen und üblen Rauchgeruch verursacht. Gemüse und Pökelfleisch sind die Hauptnahrungsmittel. Außerdem trinken sie in Dortmund sehr viel Kaffee, den sie mit Chicoréewurzeln kochen.

Die Kleidung ähnelt der von Essen, abgesehen davon, dass es besonders für die Frauen auf dem Lande Mode ist, einen dreifachen Unterrock aus dickem roten Tuch zu tragen. Die etwas wohlhabenderen Bürgerinnen, so zum Beispiel unsere Vermieterin, tragen ein Kleid aus sehr kostbarer Seide mit einem Unterrock aus breit geripptem, samtähnlichem Gewebe, dicke schwarze Strümpfe und schwarze Schuhe. In der Art und Weise, sich zu kleiden, das Haus einzurichten, zu bauen, in einem Wort: Bei allen Hausbräuchen unterschieden sich Bürger und Bauern sehr stark voneinander.

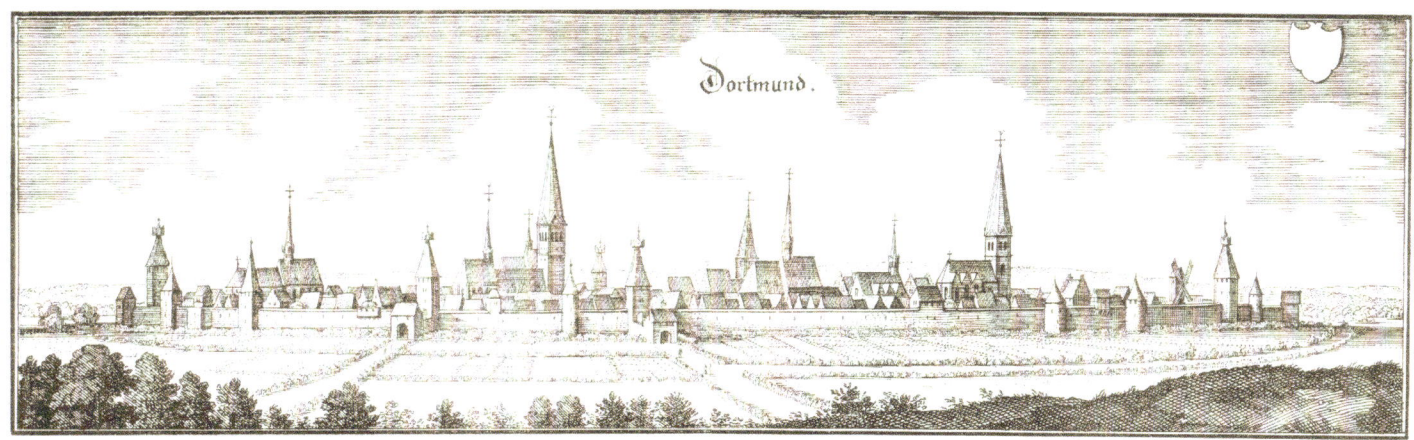

Dieses Volk kam uns erstaunlich misstrauisch vor, denn in den Läden wurde das Geld, mit dem man bezahlte, gewogen und sein Klang wurde überprüft. Auf den Märkten legten die Marktfrauen ihre Hände auf ihre Körbe, als hätten sie Angst, dass man sie ihnen wegnimmt, so dass wir kaum noch sehen konnten, was sie zu verkaufen hatten.

Die dominierende Religion in dieser Stadt ist die protestantische. Es gibt vier große ehemals katholische Kirchen, die heutzutage in den Händen der Lutheraner sind. Eine andere Kirche benutzen die Kalvinisten für ihre Predigten. Die fünf- bis sechshundert Katholiken, die fast alle arm sind, können sich keinen Pfarrer leisten. Aus diesem Grunde haben sie auch keine Gemeindekirche. Es gibt jedoch zwei Klöster, das der Dominikaner und das der Franziskaner oder Minoriten, welche die Sakramente spenden und das Amt eines Pfarrers innehaben. Die Kirche der Dominikaner, vor allem das Schiff, war wunderschön. Ich bewunderte den Altar, ein prachtvolles Werk, auf dem sich ernsthafte und nachdenkliche Figuren von einem goldenen Hintergrund erheben. Ich besuchte häufiger die Kirche der Franziskaner, einfach weil sie sich in unserer Nähe befand. Jeden Tag las der Pfarrer die Messe, bei der ich als Messdiener fungierte. Die religiösen Zeremonien waren ähnlich wie in Düsseldorf, auch wenn sie mit weniger Frömmigkeit stattfanden. Es gab auch ein Nonnenkloster. So viel über diese Stadt, in der wir zu lange gewohnt haben, um uns nicht gelangweilt zu haben.

[24]Vermutlich Quadbeck, da das Französische kein ck kennt; die in Dortmund nachweisbare Familie hieß Quadbeck.

Ausflüge nach Hörde, Huckarde und Dorstfeld

November und Dezember verliefen ohne bemerkenswerte Zwischenfälle. Durch die „Gazette du Bas-Rhin"[25] erfuhren wir von der Eroberung Maastrichts und anderer Städte jenseits des Rheins durch die Republikaner. Wir hätten dies für sehr alarmierend gehalten, wenn wir nicht zugleich von der völligen Beseitigung der Jakobiner und aller Anhänger Robespierres[26] in Kenntnis gesetzt worden wären. Über einen möglichen Frieden wurde auch viel geredet. Aus allen diesen Nachrichten schöpften wir bald Hoffnung, bald beunruhigten sie uns sehr. Wir wussten nicht, welchen wir Glauben schenken sollten. Ich persönlich neigte dazu, an die guten Nachrichten zu glauben, was mir Trost spendete. Wir haben uns sehr gefreut, als Leute aus Valenciennes uns versicherten, der Besitz der Emigranten sei unberührt geblieben, man habe sogar Wachposten für die leerstehenden Häuser eingesetzt, und die Hausdiener, die zurückgeblieben seien, dürften weiterhin dort leben.

Zu dieser Zeit besuchte ich das kleine Dorf Hörde. Dreiviertel Meilen von Dortmund entfernt, lag es in einem verführerischen Tälchen, nicht weit von der Grube, aus der wir uns mit Kohle versorgten. In der Ortschaft selbst war nichts Bemerkenswertes, außer dem Damenstift; die Stiftsdamen waren katholisch, lutherisch und kalvinistisch. Abwechselnd lasen sie die Messe in derselben Kirche. Für alle gab es nur eine Äbtissin, die der Reihe nach aus einer der drei Glaubensarten gewählt wurde. Wir gingen auch nach Huckarde spazieren, einem kleinen katholischen Dorf, wo die Äbte de Jalain ihren Wohnsitz genommen hatten. Nicht weit davon entfernt befindet sich der kleine Ort Dorstfeld. Gelegentlich fuhren wir dorthin, um Lebensmittel sowie Heu für mein Pferd zu kaufen. Das Heu war sehr teuer, ein einziges Pfund kostete schon einen Sou.

Trotz der schnellen Eroberungen durch die republikanische Truppen wurde in der Weihnachtszeit viel von Frieden gesprochen. Die einen sehnten ihn herbei, die anderen befürchteten ihn. Die ersten schmiedeten schon Abfahrtspläne und freuten sich auf ihre baldige Rückkehr in die Heimat, aber das Gerücht verflog bald und war für sie nur eine kurze Freude.

[25] Gemeint ist wohl der „Courier du Bas-Rhin", der seit geraumer Zeit in französischer Sprache in Kleve erschien und durch das Interesse der Exilfranzosen im Jahre 1793 eine Auflage von rund 1500 erreichte. Er wurde von der preußischen Administration zu Propagandazwecken gefördert.
[26] Dieser wurde am 28. Juli 1794 hingerichtet.

Das Schreckensjahr 1795
Erinnerungen des Kriegs- und Steuerrates Eversmann

Dieses 1795 Jahr, wo die Teuerung so hoch gestiegen war, daß der Berliner Scheffel Roggen auf dem Korn-markt zu Herdecke einmal bis zu 9 Taler gemein Geld (7½ preußische Reichstaler) stand, war für mich höchst gefährlich. Die Kreis- und Domänen-Kammer zu Hamm, mein vorgesetztes Collegium, hatte mir die Leitung der Getreide-Magazine anvertraut, und daher kam es, daß der gemeine Mann mich bestürmte, wenn er kein Brot hatte. So war ein Tumult von Webern und Bleichern zu Möllenkotten bei Schwelm, und eine Menge dieser Leute kam mit leeren Säcken nach Herdecke, das dortige Magazin zu plündern, ich befand mich mit den Tumultuanten zugleich auf der Fliegenden Brücke, welche damals von Herdecke über die Ruhr geschlagen war, rettete aber doch das Magazin durch harten Mut und List.

Ein andermal trat eine Menge Breckerfelder in mein Haus zu Wehringhausen und erklärten mir, sie wür-den, wie sie sich ausdrückten: „Paris tun", wenn ich ihnen kein Getreide anweisen würde; diese Redensart hieß damals soviel, als: an den Laternenpfahl anknüpfen. Ich arretierte den frechen Kerl, der mir dies sagte, mit eigener Hand, ließ ihn aber auf Fürbitte der anderen wieder los.

Über die Dahler Verhältnisse wurde vermerkt: 1795 kostete der Scheffel Roggen 10 Reichstaler und mehr, ein Malter Hafer 16 bis 18 Reichstaler, ein elfpfündiges Brot 57 Stüber bis einen Taler. Für 100 Pfund Heu mußte 2 Reichstaler gezahlt werden. Der Pfarrer Bädeker ließ in seinem Ofen von wohlfeilem Magazinkorn für 600 Personen seiner Gemeinde das erforderliche Brot backen. Alle 24 Stunden wurden 10 Scheffel Korn verarbeitet. Das bezog der Pfarrer aus den Magazinen zu Herdecke, Hamm, Soest und Pyrmont. Als das Brot bei den Bäckern ein Taler oder 60 Stüber galt, kostete es bei ihm 40 Stüber. Es wurde nach einer aufgestellten Liste verteilt. Diejenigen, welche von diesem Brote nichts erhielten, mußten oft bis nach Schwerte reisen, um dort ein solches käuflich zu erwerben.

Besuch in Hagen

Seit drei Monaten wohnten wir in Dortmund, und ich hatte in dieser Zeit vergeblich versucht, die Adresse von Onkel Baudry herauszubekommen. Ich hatte an die Postleiter von Hamm, Düsseldorf und Dorsten geschrieben, aber auch dieser Weg scheiterte. Schließlich gab ich eine Anzeige in der Zeitung „Gazette du Bas-Rhin" auf mit der Hoffnung, diesmal Erfolg zu haben.

Einige Tage später, ich kam gerade vom Einkaufen zurück, überraschte mich der Besuch von Onkel Baudry, der soeben angekommen war. Meine Annonce habe ihn auf meine Spur gebracht, und nachdem er sie gelesen hatte, hatte er sofort beschlossen, mich am Tag darauf zu besuchen. Nun stand er da, und wir umarmten uns wie arme Leute. Mein Onkel erzählte uns, dass sie, seitdem wir uns bei Derendorf flüchtig gesehen hatten, in der kleinen, von Dortmund vier Meilen entfernten Stadt Hagen wohnten, wo sie sich recht wohlfühlten.

Seit kurz vor Weihnachten und den ganzen Januar über herrschte eine so unglaubliche, noch nie erlebte Kälte, dass ich meine ganze Zeit am Kamin verbrachte. Der Frost war so kräftig, dass der Rhein für lange Zeit zugefroren blieb. Die Republikaner nutzten die Gelegenheit jedoch nicht, zumal sie es dem Anschein nach inzwischen auf die Niederlande abgesehen hatten[27], woran wir gerne glauben wollten. Mitte Januar erreichten sie tatsächlich Amsterdam. Alles beugte sich vor ihnen. Diese Tatsache ließ uns erneut fürchten, in die Ferne weiterziehen zu müssen. Zum Glück trat nach zwei Monaten harten Frostes das Tauwetter ein und gewährte uns für einige Zeit eine gewisse Ruhe.

Obwohl es wieder kräftig zu frieren angefangen hatte, beschloss ich am 31. Januar, mit Schwager Dubuisson meinen Onkel Baudry in Hagen zum Karnevalsbeginn[28] zu besuchen, wie wir es ihm versprochen hatten. Noch am selben Tag machten wir uns gegen elf Uhr auf den Weg.

In der Umgebung von Dortmund waren recht hübsche Täler, aber wir hatten kaum anderthalb Meilen zurückgelegt, als wir plötzlich vor sehr hohen, steilen, fast alle mit Wald bedeckten Bergen standen. Unser Weg führte uns durch ein kleines Gebirgstal, das die schaurigste Einsamkeit ahnen ließ. Das Geplätscher eines Bächleins, von der Schneeschmelze verursacht, der schwarze Schleier der Bäume, der die Berge bedeckte, das alles verlieh der Landschaft einen derart trostlosen Charakter und erweckte den Eindruck, in einer Wüste zu sein.

COURIER DU BAS-RHIN. No. I.

DU MERCREDI, 3 Janvier 1787.

De PARIS, le 21 Décembre. Retardée.
L'Edit pour le *Vingtieme* sur les maisons de *Paris*, dont le produit étoit destiné à l'hôtel-de-ville, étoit attendu en parchemin (c'est-à-dire en forme & non en simple projet) pour être enrégistré au parlement mardi dernier; mais on apprend qu'il a été retiré, quoique le parlement fut disposé à l'enrégistrer. Le même jour Mr. *Robert de St. Vincent* dénonça aux chambres assemblées le *nouveau Rituel* de Mr. l'archevêque de *Paris*, intitulé *Pastorale Parisienne* qui a donné lieu à de grandes réclamations. Le nom du conseiller qui l'a dénomé, a fait dire à ceux qui rient de tout, que Mr. l'archevêque & son *rituel* sont actuellement à la *sauce-Robert*.

Il paroit décidé que le roi & la reine des *Deux-Siciles* arriveront ici vers le mois de mai. Cependant on ne voit pas encore, qu'il soit pris des arrangemens à *Versailles* pour l'appartement qu'ils doivent occuper, ni pour les fêtes qu'on leur donnera. (*V.* un de nos derniers articles de *Vienne.*)

Un exempt de police est parti ces jours derniers, pour aller chercher à *Amsterdam* les nommés *Bechade & Laroche*, que notre ministère a réclamés du grand-bailli de cette ville-là. L'on espere que dans la malle des papiers saisis avec eux, on trouvera les plus grands renseignemens sur leur fabrication odieuse, & peut-être même une partie des fausses lettres de change, parce qu'on ne croit pas qu'ils aient eu le tems de les répandre en entier dans le public, encore moins de les avoir toutes fait escompter. Il ne manqueroit plus aujourdui que d'avoir le Sr. *Dufour du Rinquel*, pour être entierement maitre de cette fameuse société. Il est malheureux, que celui-ci soit forti des prisons de *Londres*, précisément à l'instant que les premiers avis de sa fripponnerie y parvinrent. On eut pu l'écrouer & lui faire son procès pour ce crime également à *Londres* comme à *Paris*: La différence est, qu'il auroit été pendu en *Angleterre*, où les loix sont rigoureuses sur les délits de cette espece; & qu'ici il ne seroit condamné qu'aux galeres perpétuelles.

On a eu raison de s'attendre qu'il nous arriveroit de la mer les nouvelles les plus fâcheuses, à cause des tempêtes successives que l'on a éprouvées depuis quelques mois. Les papiers *Anglois* ne retentissent que de tristes récits de naufrages; & déja pour notre compte, & seulement à l'entrée de la riviere de *Nantes*, 4 vaisseaux *François* venant des isles & par conséquent richement chargés, ont péri corps & biens. On les apperçevoit de la tour; mais la mer étoit si grosse, qu'il a été impossible aux pilotes, d'approcher, & de leur donner le moindre secours. Un navire de la pêche de *Terre-Neuve* a éprouvé le même sort, ainsi qu'un autre venant aussi de *Terre-Neuve* en Ressac, & contenant 120 matelots. Ces évenemens, tout affreux qu'ils font, ne paroitront que trop ordinaires: Mais ce qui ne l'est pas, & qui annonce un complot de quelques scélérats enleve aux propriétaires un navire prêt de toucher au port, après une longue & heureuse navigation. Un

---

Kurz vor Herdecke erfuhren wir, dass die Brücke über der Ruhr von der Überschwemmung zerstört worden war. Wir warteten anderthalb Stunden und durften dann den Fluss auf einem Schiff überqueren. Plötzlich wurden wir gerufen: Onkel Baudry war es, der uns entgegenkam. Wir setzten unseren Weg gemeinsam fort. Herrlich war er, und die Aussicht, die wir von den hohen Bergen aus hatten, begeisterte mich unendlich.

Es wurde nebelig, als wir das Haus meines Onkels erreichten. Dort war seine ganze Familie versammelt, und sie empfing uns mit der größten Freundlichkeit. Wir erzählten einander, wie uns allen die dreimonatige Trennung schwergefallen sei und was uns in der Zwischenzeit zugestoßen war. Ihre Wohnung war sehr hübsch. Für die drei Räume, die sie mit einer anderen Familie teilten, zahlten sie zehn Taler im Monat.

Am folgenden Tag, es war ein Sonntag, gingen wir zum Hochamt. Die Gemeindekirche war sehr sauber, aber klein. Der Abt, der sehr eifrig war, wurde von seinen zum größten Teil armen Pfarrkindern gewählt. Die Zahl der Katholiken war niedrig, denn im Dorf waren die Lutheraner in der Mehrzahl.

[27] Der strenge Winter 1794/95 begünstigte die Eroberung der Niederlande durch die französischen Revolutionstruppen. Da Flüsse und Kanäle zufroren, gelang am 20. Januar 1795 die Besetzung Amsterdams. Die niederländische Flotte war bei Den Helder festgefroren, so dass sie von französischer Kavallerie und Fußtruppen eingenommen werden konnte (28. Januar). Dies ist wohl der einzige Fall in der Geschichte, dass eine Seeflotte von Kavallerie besiegt wurde.
[28] Ungewöhnliche Zeitangabe: Da Ostern in diesem Jahr auf den 5. April fiel, war der 1. Fastensonntag am 22. Februar. Gemeint ist wohl ein Datum Mitte Februar.

Hochzeit in Huckarde und Aufruhr rund um Dortmund

Während unseres Aufenthaltes in Dortmund bekamen wir oft den Besuch zweier Äbte, die in Huckarde wohnten. An einem Februartag erzählte der ältere von ihnen, er habe an einer Hochzeit teilgenommen, bei der zweihundert Leute anwesend gewesen seien. Am Tag der Vermählung holen die zur Hochzeit eingeladenen Frauen mit der sogenannten Jungfrauenkerze die Braut von zu Hause ab und begleiten sie feierlich zur Kirche, um die sie einmal herumgeht, bevor sie vor dem Altar niederkniet. Danach holt man mit demselben Ritual den Bräutigam ab und führt ihn seiner künftigen Frau zu, an deren Seite er Platz nimmt. Nach der Eheschließung beglückwünschen die Gäste die Neuvermählten und schütteln ihnen die Hände. Mit Jubelrufen und Geigen- oder Posaunenmusik werden sie aus der Kirche hinausbegleitet. Das Festessen fand in einer Scheune statt, wo zwei Tische gedeckt worden waren. Der Abt erzählte weiter, dass er zweiundzwanzig Schinken gezählt habe und dass zweiundzwanzig Köche das Festmahl zubereitet hätten. Ein Braukessel für Bier sei auch dagewesen. Wir dachten uns, es hätte sich bei einem so großen Fest um einen reichen Bauern handeln müssen, worauf er uns erwiderte, es sei bloß der Dorfschneider gewesen. Obwohl ein solches Fest viel Geld kostet, sei es nicht selten, dass die Eheleute doch noch einen Gewinn erzielten. Bei ihrer Ankunft werfen die Gäste Geldmünzen auf Schalen für die Musik. Außerdem bringt jeder Speisen mit, der eine einen Schinken, der andere ein Hähnchen. Dann wird den Vermählten Geld geschenkt. Jeder Betrag wird genau in eine Liste eingetragen, denn sollte einer der Gäste heiraten, müsste der, dessen Hochzeit gerade gefeiert wurde, ebenso viel Geld schenken, wie er selbst bekommen hatte. Ich hielt diese Einrichtung für richtig, denn sie dient dem Zusammenhalt des Dorfes. Gegen fünf Uhr wird zur Ankündigung der Kaffeezeit die Posaune geblasen, abends wird getanzt, und alles verläuft mit großer Ordnung. Manchmal dauert solch ein Fest zwei bis drei Tage.

Wenn ein Haus gebaut wird, leistet jeder freiwillig seinen Beitrag. Ist das Haus fertig, dann kommt der Pfarrer oder der Pastor und segnet es. Diese Einweihung ist auch Anlass zu Feierlichkeiten und Vergnügungen.

Anfang Februar half mir ein zufällig anwesender Mann, der französisch sprach, bei meinen Verhandlungen über den Preis des Hafers, den ich kaufen wollte. Dieser Mann – er war Gerber in Dortmund – erzählte mir, er habe in Condé gearbeitet, als er vor einiger Zeit in einem Regiment diente. Als ich ihm sagte, ich sei selber Gerber vom Beruf, schien er sich sehr zu freuen, und von diesem Augenblick an schlossen wir Freundschaft miteinander. Obwohl er nicht reich war, überhäufte er mich mit Aufmerksamkeiten.

Zu dieser Zeit erhielt ich von Herrn Rosse, einem Bekannten aus Condé, einen Brief aus Münster. Die Stadt stünde unter der Bedrohung der Republikaner, und da er aufs Schlimmste gefasst sei, wolle er nach Paderborn ziehen. Aber kurz darauf schrieb er mir aus Lippstadt, wo er sich schließlich niedergelassen hatte, weil Paderborn schon übervoll von Emigranten war. Vorher hatte er mir viele liebenswürdige Briefe geschickt, in denen er immer wieder den Wunsch geäußert hatte, in unserer Nähe wohnen zu wollen. Von ihm erfuhr ich auch, dass mein Onkel Dom Albéric in dieser Gegend sei. Ich wusste nicht, ob mir Zeit und Umstände die Gelegenheit geben würden, ihn wieder zu treffen.

In den ersten Märztagen starb mein Pferd. Armes Tier! Ach, wie weit waren die milden Ställe Frankreichs, wo die Tröge von Hafer überquellen! Zitternd und stolpernd hatte es den ganzen rauen Winter über die Kohle seines Herrn von der Grube nach Hause befördert. Und jetzt musste es seine treuen Dienste mit dem Tode bezahlen. So endete sein trauriges Schicksal auf den eiskalten Straßen Dortmunds. Gewiss war das Futter für das Pferd teurer als der Brennstoff selbst, aber trotzdem.

In Frankreich schien der Horizont sich aufzuheitern. Der Umwälzungen überdrüssig, verlangten nun die Gemüter nach Ruhe und Ordnung. Die Bergpartei[29] hatte ihre Macht eingebüßt. Für uns hieß das, wieder Hoffnung zu schöpfen.

Inzwischen hatte die Fastenzeit begonnen. Abwechselnd hörten wir uns sonntags und donnerstags die Predigten von Abt Butté, einem Vikar aus Paris, und von Abt Moguet an. Unser immer noch sehr eifriger Pfarrer aus Condé las uns jeden Dienstag und jeden Mittwoch seine Predigten vor, denen ein Gebet für die Emigranten folgte. Dieser einfache Mann besaß in hohem Maße alle für einen Geistlichen erforderlichen Eigenschaften, aber wir waren der Meinung, dass er nicht in unsere Gesellschaft gehöre.

Damals beschloss ich, nach Hagen umzuziehen. Es fiel uns jedoch schwer, aus Dortmund wegzugehen. Wir würden viele Landsleute verlassen, die nicht wenig dazu beigetragen hatten, uns den Aufenthalt in der Hansestadt zu erleichtern. Aber die Freude auf das Zusammenleben mit meinen Familienangehörigen aus Maubeuge, wonach wir uns seit langem sehnten, entschädigte uns für jeden Verlust. Außerdem würden wir in eine saubere und günstiger gelegene Ortschaft überwechseln. Sie lag nämlich an der Kreuzung zweier großer Handelsstraßen, die von Köln zum Weserbergland und von den Niederlanden nach Frankfurt führten.

Am 24. März, dem ersten schönen Tag nach dem schrecklichen Winter, ging ich zu Fuß nach Hagen. Ich wollte mich unter anderem vergewissern, ob der Weg, der aus mit Eisen beschichteten Holzschienen[30] bestand, gut befahrbar war. Die Strecke war sehr schön. Über ungefähr vier Meilen ging ich nur durch Wälder. An einer Zollschranke entdeckte ich eine der überwältigendsten Landschaften, die ich je gesehen hatte. Um mich herum ragten die Berge empor, in deren Mitte das reizende Dorf Schwerte in einem wunderschönen Tal lag. Erschöpft kam ich in Hagen an.

Als ich meinen Tanten und meinem Onkel meine Absicht mitteilte, Dortmund zu verlassen und in ihre Stadt zu kommen, freuten sie sich sehr. Am Tag danach machten wir uns auf die Suche nach einer Unterkunft, die wir ohne besondere Mühe fanden. Für die zwei hohen, hellen Zimmer mit Sicht auf das Land verlangte man von uns einen Louisdor. Onkel Baudry versuchte zwar, über den Mietpreis zu verhandeln, aber es gelang ihm nicht, ihn herabzusetzen. Am 26. ging ich den kürzesten Weg nach Dortmund zurück, wo ich gegen fünf Uhr nachmittags eintraf.

Es ging für mich jetzt darum, den Herren de Ruesnes in aller Freundschaft zu erklären, dass wir sie bald verlassen würden. Ich weiß nicht mehr genau, bei welcher Gelegenheit ich es ihnen mitteilte. Auf jeden Fall waren sie weder überrascht noch beleidigt, und sie nahmen meine Entscheidung mit Fassung auf. Daraufhin schickten sie sich an, nach Frankfurt zu übersiedeln, wohin sie schon lange fahren wollten, während wir sofort die Vorbereitungen für unsere Abreise trafen. Ich ließ mein Kabriolett auf die hiesige Schienenbreite umstellen.

Inzwischen war die Karwoche angebrochen. Die Zeremonien zu diesem Anlass sind schlicht und verlaufen nicht mit dem Prunk, den wir in unserem Lande kennen. Sie unterscheiden sich in manchen Punkten. In der Franziskanerkirche und in der Dominikanerkirche – die einzigen, in denen die Messe gelesen wurde – wurden einfach Bußpsalmen gesungen. Am Gründonnerstag las man die Abendmahlsmesse mit den üblichen Abkürzungen. Am Karfreitag, nachdem das Kreuz verehrt worden war, wurde es zum heiligen Grab getragen, wo das Volk es kniend küsste. Es blieb dort stehen, nur mit einem Schleier verhüllt. Am Ostersamstag abends gegen halb acht Uhr wurde das Kreuz feierlich abgeholt, aber vorher wurden Lobgesänge gesungen, die sehr lange dauerten. Bei den Franziskanern wurde das Kreuz in einem langen, engen und niedrigen Raum aufbewahrt, als wäre er eigens dafür eingerichtet worden. Während des Enthüllungsgebetes wurde es von bunten, magischen leuchtenden Kerzenlichtern angestrahlt, was sehr gut aussah. Die Lutheraner nahmen auch an den Zeremonien teil. Es ist auch gebräuchlich, dass der Nebenaltar erst zu Pfingsten auseinandergebaut wird und dass bis zum Dreifaltigkeitsfest das „Halleluja" nach dem „Ite, missa est" weiter gesungen wird.

Revolutionäre Unruhen in Bottrop, Kirchhellen und Gladbeck

Ab 1794 werden in den drei Orten regelmäßig Zäune umgerissen und Brände gelegt. An diesen Aktionen beteiligen sich bis zu 150 Bauern, die, mit Schüppen, Hacken, Äxten und Flinten bewaffnet, des Nachts an bestimmten Häusern zusammenkommen und dann losschlagen. Ihre Anführer haben verabredet, jeden, der sich sehen lasse, ohne weiteres niederzuschießen und „es überhaupt so zu machen, wie es in Frankreich hergegangen sei." Ihren Höhepunkt erreichen die Unruhen 1797. Danach werden die Anführer, die Bauern und Kötter Bernard Nessel, Heinrich Fischerdick und Bernd Bergermann, gefaßt, vor Gericht gestellt und zu je sechs Jahren Zuchthaus verurteilt, die sie jedoch nicht voll absitzen müssen.

Aus einem Bericht des Statthalters an den Kurfürsten von Köln:

„Es steht außer Zweifel, daß bei mehreren nächtlichen Zusammenkünften beratschlagt wurde, ob nicht kurzer Prozeß gemacht werden solle und die Häuser einiger Adliger gestürmt werden und die Personen massakriert werden sollten, um dadurch allgemeinen Schrecken zu verbreiten. Ich kenne die Häuser, die dies betroffen hätte. Die Möglichkeit einer standhaften Gegenwehr und der Mangel an Entschlossenheit bei den meisten hat dazu geführt, daß dieser Plan nicht ausgeführt wurde. Ich weiß, daß die Anführer den versammelten Haufen dadurch anfeuern wollten, daß ihnen bei ihrem Unternehmen die nicht weit entfernt bei Düsseldorf stehenden Franzosen gewiß zu Hilfe eilen würden. Diese Vorgänge gehören meines Ermessens zu denen, die nicht an die ganz große Glocke gehängt werden sollten. Ich würde also nicht dazu raten, das Ganze als eine Tumult- oder Revolutionssache zu behandeln. Es läßt sich nämlich hoffen, daß, wenn die Anführer exemplarisch bestraft werden, der ganze famose Bund zerschlagen ist. Daraus läßt sich auch erkennen, daß es sehr nötig ist, daß die Obrigkeit sich weder verleiten noch schrecken läßt."

Am Ostermontag ging ich mit Herrn Mathieu Jacob spazieren. Auf dem Rückweg wollte ich ihn zu einem Glas Bier einladen. Er führte mich in ein Wirtshaus, in dem man sehr gutes Bier bekommen konnte. Von außen sah es ungemütlich aus, aber ich wurde sehr überrascht, als wir eintraten. Dort saßen nur anständige, zum größten Teil wohlhabende Leute aus Lüttich, unter denen sich sogar ein Domherr mit Namen Houldoux befand. Hier wurde nicht gespielt; man unterhielt sich nur über Politik und tauschte Neuigkeiten aus.

Hier erfuhr ich von einem großen Aufstand, der in Paris stattgefunden hatte.[31] Das ließ uns hoffen. Erst später wurde mir klar, dass wir uns über die Bedeutung jenes Aufstands vom 1. April 1795 geirrt hatten. Der Weg war lang von Paris bis Dortmund, und die Nachrichten kamen nicht immer richtig an. Die Hungersnot war der eigentliche Auslöser gewesen, und sie war um so unerträglicher, als das Volk schon für die Idee Babeufs[32] schwärmte. Ansonsten empfand ich viel Vergnügen an dieser Lütticher Gesellschaft, und ich habe sie später sehr vermisst.

Jetzt musste ich mich darum bemühen, Pferde aufzutreiben. Ich ahnte, dass dies ein sehr kostspieliges Unterfangen sein würde, denn schon das Futter war unerschwinglich. Mein Freund, der Gerber, vermittelte eine Zusammenkunft mit einem Bauern und brachte bald eine Einigung zustande: Begleitet von seinem Knecht und mit dem Einsatz von drei Pferden würde der Bauer für zehn Taler Karren und Kabriolett nach Hagen bringen.

Mit Schwager Bernard besuchte ich den Domherrn Houldoux, um mich von ihm zu verabschieden. Er genoss die Gastfreundschaft der Franziskaner. Als wir bei herrlichem Wetter ankamen, fanden wir ihn im Gartenhaus. Zusammen mit dem Prior und älteren Patern saß er da, und alle tranken Wein, den sie auch uns sofort einschenkten.

Am Tag vor meiner Abreise sah ich zum ersten Mal den Leichenzug eines reichen Lutheraners. An der Spitze war der Sarg, von acht mit schwarzen Mänteln gekleideten Personen getragen. Ihm folgten die Pastoren und, was mich am meisten erstaunte, zwei Dominikaner und zwei Franziskaner. Wie der Brauch es wollte, waren sie eingeladen worden und konnten sich dem deshalb nicht entziehen. Genauso nehmen die Lutheraner an der Beerdigung der Katholiken teil. In beiden Fällen betritt jedoch keiner die Kirche des anderen. Nach den Dominikanern und Franziskanern kamen paarweise und ihrem Rang entsprechend die angesehenen Persönlichkeiten der Stadt. Alle trugen einen schwarzen Mantel und diejenigen, die keinen besaßen, einen bunten. Durch die außerordentliche Ordnung und Stille war die Zeremonie eindrucksvoll. Es nahmen bestimmt hundertfünfzig Personen an diesem Leichenzug teil.

In der Nacht zum 11. April hörten wir plötzlich wirre Geräusche, dann Schreie und Stampfen. Es war drei Uhr, und die Pferde waren da. In aller Eile packten wir unsere letzten Sachen ein. Es war so weit. Wir nahmen Abschied von unseren Vermietern, deren bittere Tränen bezeugten, wie sehr sie an uns hingen und wie sehr sie uns vermissen würden. Den Herren de Ruesnes gegenüber, die sie nicht schätzten, verhielten sie sich anders: Sie trennten sich eher fröhlich von ihnen.

[29] „La Montagne", radikale politische Gruppierung im Nationalkonvent der Französischen Revolution, die ihren Platz in den höchsten Sitzreihen des Konvents hatte. Zu den sogenannten „Montagnards" zählten die Jakobiner. Herausragende Vertreter waren Marat, Danton und Robespierre.

[30] Wenn Paillot hier nicht flunkert oder Fake News verbreitet, dann beschreibt er eine technische Innovation, die bis auf seine Zeit eigentlich nur zum Transport von Kohle bekannt ist. Der erste bekannte Schienenweg ist der sog. Rauendahler Schiebeweg, ein etwa 1,6 Kilometer langer Schienenstrang, auf dem die Kohle in der Gegend von Hattingen zur Verladestation am Ruhrufer gebracht wurde. Dieser wurde auf Anregung und unter Federführung des Bergrates Eversmann aus Hagen 1787 ins Werk gesetzt. Es muss aber – folgt man Paillots Bericht – eine längere Strecke zwischen Dortmund und Hagen gegeben haben, die ganz offensichtlich nicht allein dem Kohletransport vorbehalten war, sondern auch für den privaten Gebrauch genutzt wurde. Außerdem muss es sich um eine längere Strecke gehandelt haben. Für wenige Kilometer hätte sich die im Folgenden berichtete Veränderung der Spurbreite seiner Kutsche sicherlich nicht gelohnt. Es ist anzunehmen, dass der so beschriebene Schienenweg zumindest von Dortmund zur Ruhr führte. Paillot scheint diese technische Neuerung nicht besonders beeindruckt zu haben, da er sie ohne jede Hervorhebung erwähnt.

[31] Aufstand der Sansculotten Ende März 1795 gegen den Nationalkonvent als Folge der Hungersnot.

[32] Francois Noël Babeuf (1760 – 1797) gründete die Gesellschaft der Gleichen (Societé des Égaux), die weitgehend sozialistische Auffassungen vertrat. Francois Noël Babeuf, Manifest der Plebejer vom 30.11.1795: „Es ist Zeit, daß das mit Füßen getretene und gemeuchelte Volk – großartiger, feierlicher und allgemeiner, als es je getan – seinen Willen kundgibt, auf daß nicht nur die Symptome, die Begleiterscheinungen des Elends, sondern die Wirklichkeit, das Elend selbst ausgerottet werden. Möge das Volk sein Manifest erlassen! Möge es in demselben bestimmen, wie es die Demokratie verstanden wissen will und wie sie in Übereinstimmung mit den wahren Grundsätzen wirklich sein soll. Möge es darin aufzeigen, daß die Demokratie solchen, die zuviel haben, Verpflichtung ist, diejenigen, die nicht genug haben, mit allem, was ihnen fehlt, zu versehen! Daß der Mangel an Mitteln bei den letzteren nur in dem besteht, was die anderen ihnen gestohlen haben. Gesetzmäßig gestohlen, wenn man will; d. h. mit Hilfe von Räubergesetzen, die, in den neuesten wie in den ältesten Zeiten, unter allen Regierungen jeden Diebstahl genehmigt haben. Möge das Volk erklären, daß es die Herausgabe alles Gestohlenen verlangt, alles dessen, was die Reichen den Armen schändlicherweise weggenommen haben! Eine solche Rückerstattung wird gewiß nicht weniger rechtmäßig sein als die Entschädigung der Emigranten. […] Daß das einzige Mittel, dies zu erreichen, darin besteht, die gemeinschaftliche Verwaltung einzuführen, das Sondereigentum aufzuheben, jedem Menschen nach seiner Anlage und seinen beruflichen Fähigkeiten die für ihn geeignete Tätigkeit zuzuweisen; ihn zu verpflichten, die Frucht der selben in natura an das gemeinschaftliche Magazin abzuliefern, eine Lebensmittelverwaltung, die über alle Individuen und Sachen Buch führt und die die letzteren in peinlichster Gleichheit verteilt und jedem Bürger in seine Behausung zuführt."

In Hagen, Boele, und Halden

Die Reise verlief ohne Zwischenfälle. Um ein Uhr trafen wir bei den Baudrys ein, wo wir von meinen Tanten und Cousinen empfangen wurden. Im Laufe des Nachmittags nahmen wir Besitz von unserer neuen Wohnung, die meiner Frau gefiel. Unsere Vermieter, Herr Fabricius, ein Chirurg, und seine Schwester, denen nachgesagt wurde, sie seien launenhaft, zeigten sich uns gegenüber sehr zuvorkommend. Am folgenden Tag richteten wir die Wohnung richtig ein. Zum ersten Mal seit dem Beginn unseres Exils durften wir es genießen, unter uns zu sein. In unserem Unheil war dies ein Trost.

Unser Aufenthalt in Hagen bot mehrere Vorteile. Die Versorgung mit Lebensmitteln war jedoch ein echtes Problem. Sie waren teurer als in Dortmund, und es war schwieriger, an sie heranzukommen. Man brachte uns Fleisch für fünf Sous das Pfund. Es war unmöglich, Gemüse zu kaufen. Wir nahmen ein halbes Fass Bier, das uns zwei Taler kostete und mit dem wir sparsam umgingen. Butter und Eier holten wir uns außerhalb der Stadt. Das Pfund Butter kostete zwölf Sous, und für zwei Sous bekamen wir fünf Eier.

Bei meinen Wanderungen durch die Gegend fielen mir verschiedene Sachen auf, die es in unserem Lande nicht gibt. Auf dem Weg nach Boele, einem katholischen, von Hagen eine Meile entfernten Dorf, sahen wir einen unglaublich steilen Berg, auf dessen Gipfel der kleine Marktflecken Syburg liegt. Dort standen noch die Trümmer einer ehemaligen Burg, die von Karl V.[33] zerstört worden war. Von dem Berggipfel aus überblickt man das grüne Tal, in dem die Dörfer Kabel, Bathey, Hengstey und Boele verstreut sind. Dort entwickeln Ruhr und Lenne ihre stählernen Schleifen, und am Horizont wird der Blick von der wellenförmigen Linie der Hügel versperrt. Am Fuß des Berges fließt die Ruhr, die bereits hier, nicht weit von ihrer Quelle entfernt, sehr schön ist.

In Boele besuchten wir zwei Domherren aus Maubeuge, die Bauern aus Barmherzigkeit bei sich ernährten. Der eine hatte ein Schlafzimmer, das zugleich als Dorfschule diente. Wie den Kindern das Lesen beigebracht wurde, fand ich zwar merkwürdig, aber doch erstaunlich. Wie im Takt singend, sprechen alle Schüler zusammen Buchstaben, Silben und wahrscheinlich auch Wörter nach, die ihnen der Lehrer mit einem Stock auf einem großen schrägen Pult zeigt, auf dem sie in großen Buchstaben gedruckt sind. Wenn man während des Unterrichts an diesen Schulen vorbeigeht, hört man diesen seltsamen Sprechgesang.

Ich möchte ausdrücklich erwähnen, dass alle Einwohner dieses Landes, wie arm viele auch sein mögen, sehr gut lesen und auch schreiben können. Ich schäme mich für unser Land, dem immer nachgesagt wird, es sei so gebildet, obgleich Landbewohner und sogar Handwerker in der Stadt in krassester Ignoranz von Bildung leben. Ich freute mich sehr über die Höflichkeit der Kinder, die überall in dieser Gegend zu beobachten war. Will ein Kind jemanden begrüßen, küsst es sich zunächst die rechte Hand und reicht sie ihm dann. Ich habe oft gesehen, wie mehrere Kinder zusammen spielten; als ich an ihnen vorbeiging, hörten sie sofort auf und kamen auf mich zu, um mir diese Höflichkeit zu erweisen.

Die Bauart der Bauernhäuser ist auch etwas Bemerkenswertes. Es sind große, sehr lange Gebäude, und unter einem Dach befinden sich die Wohnräume des Besitzers, seine Pferde und seine landwirtschaftlichen Erzeugnisse. An einem Ende des Gebäudes ist ein kleiner Raum, den man Stube nennt, in dem sich der Hausherr mit seiner Familie aufhält. Dieser Raum ist sehr niedrig, und rundherum sind Bänke in die Wände gebaut worden. In einer Ecke steht der Ofen, dessen Qualm durch ein Rohr in den benachbarten Raum geleitet wird. Dieser ist eigentlich die Verlängerung der Diele. An einer seiner Seiten ist die Eingangstür. In der Mitte dieses Raumes, der allen Winden geöffnet ist, hängt eine dicke Kette, die als Kesselhaken dient. Darunter wird ein großes offenes Feuer gemacht. Da weder Kamin noch Schornstein- rohr vorhanden sind, sind die Wände schwarz und voller Ruß wie das Innere eines Schornsteins. Über diesem Feuer werden die Schinken, die bei uns unter dem Namen „Jambons de Westphalie" bekannt sind, zum Räuchern aufgehängt. Den Rest des Gebäudes bildet die Diele, an deren Ende sich das große Tor befindet. Rechts und links sind die Pferde- und Kuhställe, die sehr niedrig sind. Kühe und Pferde werden nur von einem großen Trog voneinander getrennt, den die Bäuerin mit Futter füllt. Im oberen Teil der Scheune lagert die Ernte.

Die Häuser in Hagen waren fast alle Fachwerkhäuser und sahen ähnlich aus wie die bei Düsseldorf. Das Gefach war mit Backsteinen oder Lehm gefüllt und dann weiß gestrichen worden. Die Balken, alle sichtbar, wurden geschwärzt, und so ergab sich ein seltsames buntes Durcheinander. Es gibt jedoch auch Häuser mancher reicher Leute, die mit aus- gesuchter Eleganz und Sauberkeit gebaut worden waren. Alles an den Häusern in der Grafschaft Mark gefiel mir: das schwarzweiße ausgeriegelte Fachwerk, die Dächer mit ihren roten Ziegeln, die grünen Fensterläden. Auf den Straßen spendeten Linden und Kastanienbäume Schatten.

Der Tag verlief fast immer so: Morgens ging ich zur Messe, zum Mittagessen kam ich zurück nach Hause. Dann brach- te ich meinen Kindern das Lesen und Schreiben und den Katechismus bei. Nachmittags kümmerte ich mich um unsere

Finanzen und machte mir ein paar Notizen, die mir im Falle einer Rückkehr in die Heimat wichtig wären; erst dann ging ich mit Onkel Baudry spazieren.

Um Hagen herum erstreckten sich die gepflegten Gärten, die von seltsam gestutzten Dornstrauchhecken umgeben waren. Anbau und Aufteilung der Gärten unterscheiden sich sehr von unseren: Es werden überhaupt keine Obstbäume angepflanzt. Spalierobstbäume sind in dieser Gegend wenig oder gar nicht bekannt. Die wenigen Bäume stehen entweder ganz vorne oder ganz hinten im Garten, denn die Leute hier sind fest überzeugt, dass Bäume den Boden auslaugen und dem Gemüseanbau schaden. Ihre Gärten sind in quadratische Flächen eingeteilt; sie werden mit besonders gutem Mist gedüngt, der dadurch entsteht, dass die Streu für das Vieh statt aus Heu aus trockenen Blättern besteht, die für den ganzen Winter in den Wäldern gesammelt werden. Das erste Drittel dieser Flächen ist dem Anbau von dicken Bohnen gewidmet, aus denen übrigens ein hervorragendes Schmorgericht zubereitet wird; im zweiten Drittel wachsen Stangenbohnen und Erbsen, im letzten Möhren, Kopfkohl sowie Kopfsalat und Zwiebeln. Spargel, Schwarzwurzeln und Kräuter sind sehr wenig verbreitet. Wenn die Gärten groß genug sind, findet man auch Kartoffeln. Auf dem Lande werden die Äcker wie in der Umgebung von Düsseldorf bestellt.

Oft gingen wir auch entlang der Volme spazieren, einem kleinen Fluss, der durch Hagen fließt. Die Strömung der Volme ist so stark, dass sie an verschiedenen Stellen Wasserfälle von drei bis vier Fuß bildet. Aus diesem Grunde gibt es genauso wie an der Ennepe, die an der Straße von Düsseldorf aus den Bergen herunterfließt, entlang deren Ufern viele Wassermühlen. In fast allen wird Eisen verarbeitet, meistens zur Herstellung von Sensen. Ich wollte unbedingt sehen, wie das vor sich ging:

Nachdem der Arbeiter die Eisenstange zu der für eine Sense geeignete Länge zurechtgeschnitten hat, formt er den Stiel. Dann stellt er sie in den Schmiedeofen, dessen Blasebalg durch die Wassermühle betätigt wird. Ein Lehrling, der sich um das Feuer kümmert, reicht dann einem anderen Arbeiter die rotglühende Stange. Er sitzt einem großen Schmiedehammer gegenüber, der auch von der Mühle angetrieben wird. Zwischen seinen Beinen steht der Amboss. Er legt die Stange darauf, und in kürzester Zeit schlägt er sie platt, verkleinert sie, richtet sie zu und gibt ihr schließlich die Form einer Sense. An seiner Seite hat er einen Hebel, den er wunschgemäß hoch- und herunterzieht; auf diese Weise steuert er mühelos die Mühle und folglich den Hammer, dessen Kraft er so bestimmen kann. Alle Sensen werden anschließend in eine andere Werkstatt gebracht, wo Arbeiter sie mit einem kleinen Hammer ganz genau zurichten. Zum Schluss werden sie an einem großen, von einer anderen Mühle angetriebenen Schleifstein geschliffen. Hierfür legt der Schmied die Sense auf seine Beine, an die er vorher kleine, mit Stroh versehene Holzbretter festgeschnürt hat, damit er sich nicht verletzt; indem er seine Beine abwechselnd nach vorne schiebt, drückt er die Sense gegen den Schleifstein.

In anderen Mühlen stellte man Eisenstangen, Sägeblätter, Ambosse, Werkzeuge und anderes her. In der Umgebung der Stadt verursachten die Hämmer einen sonderlichen Lärm. Aus unserem Zimmer konnten wir ihn oft bis zehn Uhr abends hören. Wie versteckt standen die Schmieden unterhalb der Wehre; von ihnen sah man nur noch die spitzen Dächer. Fröhlich klapperte die Mühlräder, und das Gehämmer mischte sich unter die Melodien der unberührten Natur.

Seit zehn Tagen ungefähr wohnten wir in Hagen, als mein Onkel Baudry, Schwager Dubuisson, meine Kinder und ich beschlossen, das hübsche Landhaus Harkorten zu besichtigen, das eine Meile von uns entfernt stand. In diesem Haus befand sich eine Tabakmanufaktur. Nachdem wir zehn Pfund zu je zwanzig Sous gekauft hatten, wurden die Leute sehr freundlich. Sie boten uns Kaffee mit Milch und einige Desserts an. Dann zeigte uns der Eigentümer seine Garten- und Parkanlagen, wo die Lärchen überwogen. Das Bürgerhaus selbst war ein Juwel. Am Ende einer Lindenallee erschien es uns in dem Schimmer seiner Schieferplatten. Von dem blauen Hintergrund hoben sich die eleganten Kurven der weiß gerahmten Fenster mit grünen Fensterläden ab. Über der grünen Tür entfaltete das Oberlicht eine weiße Blüte, von der eine Laterne das Herz bildete. Ein Wunder war das Dach mit seinen weichen Linien, das ein zweigeschossiger Giebel durchbrach. Ich war ganz begeistert von meinem Besuch.

Inzwischen war es Frühling, also eine Jahreszeit, wo in den Gärten alles gedeiht. Aber wir durften seine Früchte nicht genießen. Wie bei einer Belagerung – ich hatte ja schon einmal deren Härte in Condé erlebt – mussten wir uns mit Reis, Brühe und Milch begnügen. Nur selten bekamen wir einen Kopf Salat zu essen, und wenn, dann weil unsere Vermieterin oder eine nette Nachbarin ihn uns schenkte. Diese Nachbarin, die reich war, war besonders lieb zu unseren Kindern, die sie sehr mochte. Obwohl wir so schlecht aßen und so viel entbehren mussten, haben wir viel Geld ausgegeben. Weißbrot kostete zehn Sous das Pfund; für das zehn bis elf Pfund schwere Schwarzbrot, den sogenannten Pumpernickel, von dem wir aus Spargründen am meisten aßen, zahlten wir vierzig Sous. Jene Unannehmlichkeiten ließen wir mit Gelassenheit über uns ergehen, obwohl die Nachrichten von außen auch keinen Anlass zur Freude boten.

Wir erfuhren von dem Sonderfrieden von Basel[34], den der preußische König geschlossen hatte. Wir hatten noch gehofft, dass die Alliierten in einer letzten Anstrengung die Republikaner so weit zurückdrängen würden, dass wir dann nach Hause hätten zurückkehren können. Nun richtete dieser Frieden unsere Hoffnung zugrunde. Wir hofften nur noch auf die Vorsehung, und diese Hoffnung half uns weiterzuleben. Viele wünschten einen allgemeinen Frieden und sehnten ihn sogar herbei. Wir konnten ihn jedoch nicht wünschen, da wir fürchteten, dass daraus nur Nachteile für uns entstehen würden. Ich setzte vielmehr auf eine politische Mäßigung und eine Wende in der öffentlichen Meinung Frankreichs, wovon schon viel die Rede war.

Unsere Wohnung war recht gemütlich, ohne jedoch elegant eingerichtet zu sein. Die Nähe der Berge verlieh ihr einen ländlichen Charakter. Von unseren Fenstern aus konnten wir die Hauptstraße nach Düsseldorf und etwas weiter die, welche nach Bochum und Wesel führte, sehen. Oft beobachteten wir die in großer Zahl vorbeifahrenden Fahrzeuge, und das machte uns viel Spaß. Bald waren es zurückkehrende Emigranten aus Brabant, die wir um ihr Los beneideten, bald waren es zweirädrige Wagen, voll beladen mit einheimischen Produkten.

Diese Wagen sind zwar sehr schlicht gebaut, sie sind aber sehr praktisch und stabil. Sie bestehen ganz einfach aus zwei Bahren, die sich auf zwei große, sehr schmale Räder stützen, deren Beschlag abgerundet und mit einer Reihe von dicken Nägeln versehen ist. Die Räder sind so schmal, dass sie wie ein Pflug den Boden durchschneiden; deshalb sind die Radspuren in der Gegend unglaublich tief. Diese Wagen haben keine Wagenleitern wie bei uns. Die Fuhrleute beladen sie auf eine merkwürdige Art und Weise, aber mit so viel Geschick und Verstand, dass sie sich vor einem Unfall nicht zu fürchten haben.

Auch einige Fuhrwerke konnte man ab und zu vorbeifahren sehen, aber sie sind hier bei weitem nicht so verbreitet wie in Dortmund. Sie waren recht seltsam gebaut: Die Vorderräder sind genauso groß wie die Hinterräder. Die Verbindungsstange zwischen den beiden Achsen ist mit Scharnieren versehen, so dass man die Länge des Wagens beliebig bestimmen kann. Er wird mit vier oder sechs Pferden bespannt, die alle hintereinanderstehen.

Seit drei Wochen waren wir jetzt in Hagen und seit zehn Monaten auf der Flucht, und ich war verzweifelt, weil ich nicht wusste, was aus meinen in der Heimat verbliebenen Verwandten geworden war. Ich hatte keine Nachricht von ihnen bekommen, und wenn ich meinerseits die Möglichkeit gehabt hätte, ihnen zu schreiben, hätte ich es auch nicht getan: Ich hätte sie nicht in irgendeiner Weise kompromittieren und sie somit eventueller Vergeltungen aussetzen wollen.

Seit dem Sonderfrieden von Basel war der Postverkehr über Wesel wiederhergestellt worden; vorher war er nur über die Schweiz möglich gewesen, was natürlich eine beträchtliche Verzögerung mit sich gebracht hatte. Jetzt also bekamen

Landhaus Harkorten

einige Emigranten Briefsendungen aus Frankreich, und sie schrieben auch zurück. Mein Schwager Bernard erlag der Versuchung: Am 29. April schrieb er seinem Vater, und in dem Brief gab er sich als preußischer Kaufmann aus, der ihm ein Warenangebot unterbreiten wolle. Er unterzeichnete mit dem Namen eines Kaufmanns, den mein Schwiegervater in Gent kennengelernt und oft getroffen hatte. Da er auf eine Antwort hoffte, verschob er zunächst eine Reise, die er sich schon lange vorgenommen hatte. Seit seiner Ankunft in Dortmund stand er im Briefwechsel mit Herrn Bouchelet, dem ehemaligen Bürgermeister von Valenciennes, und dem Hauptmann Thierry, einem Verwandten, die beide in einem kleinen Dorf bei Würzburg wohnten. Er hatte vor, sie dort zu besuchen, aber das war natürlich kein kleines Unternehmen, denn es lag fünfundsechzig bis siebzig Meilen von Dortmund entfernt.

[33] Karl V., röm. Deutscher Kaiser (1519–1556). Endgültig zerstört wurde die Burg erst im Zuge des 30-jährigen Krieges.
[34] Mit dem Frieden von Basel vom April 1795 verzichtet Preußen auf seine linksrheinischen Gebiete und erkennt das revolutionäre Frankreich als Staat und Vertragspartner an.

Die drei Leidenschaften der Westfalen

Kaffee

Sie können auf Brot und Kleidung verzichten, nur um Kaffee zu haben. Wenn man noch einen guten Groschen im Hause hat, legt man ihn in Kaffee an. Wenn das Öl auf der Lampe fehlt, dann wird man lieber im Dunkeln spinnen und stricken, als nicht täglich seine Ration Kaffee kaufen. Man wird nur Wasser bei den Mahlzeiten trinken oder überhaupt nicht trinken, was übrigens bei der mittleren Volksklasse üblich ist: Aber zu den gewohnten Stunden, morgens und abends, wird man Kaffee trinken, immer mit einer besonderen Feierlichkeit, immer mit einem Empfinden von Vergnügen, das niemals abstumpft.

Dieses Getränk wird zweimal am Tage genommen: morgens gegen acht und nachmittags um drei oder vier Uhr, immer mit Milch oder sehr flüssiger Sahne. Man soll ja nicht denken, daß man sich mit einer Tasse begnügt wie in Frankreich. Die Bescheidenen begnügen sich mit dreien, der Normale ist erst mit vieren zufrieden. Es gibt Unersättliche, die bis zu sechs, sieben, ja, bis zu zwölf und mehr gehen.

Aber sagen wir weiter nichts: Der Kaffee, selbst in guten Häusern, ist nur eine Art Tinktur. Die Menge Kaffee, von der man in Frankreich eine gute Tasse braut, ergibt in Westfalen gewöhnlich ein halbes Dutzend.

Tabak

Vom Kaffee kommen wir zum Tabak. Ist der erste die Leidenschaft beider Geschlechter, so der zweite die Leidenschaft des herrschenden Geschlechts, d. h. der Männer; denn es fehlt alles, daß die Frauen hier herrschten. Die Schnupftabakdose ist in dieser Gegend nicht gewöhnlicher als anderswo. Aber die Pfeife! Oh! Die Pfeife nimmt – ohne Übertreibung – ihren Platz auf allen Lippen des männlichen Geschlechts ein. Alles, was Mann ist, raucht! Man raucht nach dem Frühstück, dem Mittagessen, dem Nachmittagskaffee, dem Abendessen; man raucht morgens, wenn man aus dem Bett steigt, abends, bevor man sich hinlegt. Man raucht den ganzen Tag und in allen Situationen: zu Fuß, zu Pferde, im Wagen, stehend oder sitzend. Man raucht in Gesellschaft.

Die deutschen Frauen mußten das über sich ergehen lassen. Wenn man sie um Erlaubnis fragt – was man häufig versäumt, obwohl es nur eine Höflichkeitsformel ist –, wartet man gar nicht erst, daß sie einwilligen. Man sagt: „Mit Ihrer Erlaubnis, meine Dame", wobei man die Pfeife stopft und den Feuerstein schlägt.

Branntwein

Wenn das weibliche Geschlecht sich vom männlichen vorteilhaft dadurch unterscheidet, daß es keinen Tabak raucht, nähert es sich ihm durch reichlichen Genuß von Branntwein. Die Frauen in der Stadt trinken ihn gewöhnlich zu Hause, die vom Lande im Wirtshaus, die Männer überall und in großer Menge. Diese Art Branntwein würde nicht unangenehm sein, wenn man ihm Zeit gäbe, alt zu werden. Sie kennen dieses Verfahren nicht und haben es gern, daß ihr Branntwein nicht verdaut wird, ohne sich bemerkbar zu machen. Sie ziehen einen bitter-sauren Geschmack dem süßen vor. Der beste Branntwein kostet nicht so viel wie der schlechteste Wein; darum verzichtet das gewöhnliche Volk auf diesen zugunsten des Schnapses, den es flaschenweise trinkt, ja, eine Flasche täglich. Ein guter Trinker bringt es bis zur Kanne, einem Gefäß, das zwei landesübliche Flaschen ausmacht, die anderthalb französischen Flaschen gleichkommen. Wenn man den Schnaps in Gesellschaft trinkt, vor allem in der Kneipe, gibt es nur ein Glas, das von Hand zu Hand geht und von Mund zu Mund: nicht so, daß es von einem geleert wird und von einem anderen wieder gefüllt wird, sondern so, daß alle ein wenig aus jedem Glase trinken. Wirklich komisch: Von jedem Glas, das er verkauft, trinkt der Wirt immer zuerst; die Gäste trinken erst nach ihm. Man kennt den Grund oder die Herkunft dieser Sonderbarkeit nicht genau. Ich möchte wohl glauben, daß damals, als man damit begann, von dieser Flüssigkeit zu trinken, die durch ihre Herbheit und ihre Schärfe so besonders stark im Gegensatz zu der süßen Milch stand, dem Vorzugsgetränk der alten Westfalen, die Verkäufer das Vorschmecken eingeführt haben, um es durch ihr eigenes Beispiel in Ansehen zu bringen und zu zeigen, daß es kein Gift sei. Dies ist beibehalten worden, obwohl es augenblicklich unbegründet ist. (Abbé Baston)

Besuch in Iserlohn

Am 19. Mai beschlossen wir, nach Iserlohn zu fahren. In diesem Ort gab es verschiedene Fabriken, und alles erregte unsere Neugier. Wir fuhren über das Dorf Letmathe, das einzige katholische in der Gegend. Die Emigranten, die sich in Limburg, wo es keine katholische Kirche gab, niedergelassen hatten, kamen hierher zur Messe. Wir sahen uns die Kirche an, die für eine Landkirche sehr schön ist. Dank der Wohltaten und der Großzügigkeit eines Bischofs, der aus dem Dorf stammte, ist sie sehr reich. Wir erfuhren, dass sie vor kurzem von Räubern geplündert worden sei, die das ganze Silbergeschirr mitgenommen hätten. Vor Iserlohn glaubten wir auf den Sturzäckern[35] mehrere Brillanten zu erblicken. Als wir näherkamen, sahen wir jedoch, dass es sich um etwas verblasste Kristallstücke handelte, an denen der Boden hier sehr reich ist.

Als wir Iserlohn erreicht hatten, wandten wir uns an den Dienstboten eines Emigranten, um zu erfahren, in welchem Wirtshaus sich die Flüchtlinge versammelten. Vor dem Mittagessen gingen wir durch die Stadt, die für preußische Verhältnisse recht hübsch ist. Ich bemerkte einige gerade, gut gepflasterte Straßen mit gut gebauten, weiß getünchten Häusern, die einen schönen Anblick boten. Die Stadt ist von einer Mauer mit ein paar alten Wachtürmen umgeben. Fast alle Einwohner sind protestantisch; es gibt nur eine kleine katholische Kirche, die darüber hinaus sehr arm ist. In der Umgebung der Stadt gibt es viele schöne Gärten, die anscheinend mit viel Liebe gepflegt werden.

Nach unserem Spaziergang gingen wir essen. Im Gasthaus saßen ungefähr zwanzig Personen, alle aus Frankreich oder dem Brabant. Wir bekamen eine gute Suppe, frischen Schinken, eine Schüssel Gemüse, zwei Sorten Braten und einen kleinen Nachtisch. Weiß- und Schwarzbrot sowie Pumpernickel durften wir essen, so viel wir wollten. Für ein so hervorragendes Essen haben wir jedoch nur zwölf Sous pro Person bezahlt, nicht inbegriffen das Bier, das allerdings nur einen Sou je Schoppen[36] kostete.

Eine Person aus Maubeuge, die Onkel Baudry im Gasthaus wiedererkannt hatte, empfahl uns einen französisch sprechenden Schuhmacher, der den Emigranten gegenüber sehr freundlich sei und die er sehr mögen würde. Wir besuchten ihn, und er erklärt sich sofort bereit, uns zu den Fabriken zu führen. Er zeigte uns unter anderem eine Stecknadelfabrik; dieser Besuch hat mich umso mehr interessiert, als ich mir vorher überhaupt nicht hatte vorstellen können, wie ein

derart einfacher Gegenstand hergestellt wurde: Zuerst schneidet ein Arbeiter den Kupferfaden zu der Länge einer Nadel zurecht. Ein zweiter nimmt dann etwa zwanzig Stück in die Hand und hält sie zwischen den Fingern fest; er drückt das Ende gegen einen Schleifstein, den ein Lehrling dreht, und im Nu hat er die Nadelspitzen erzeugt. Währenddessen wickelt ein anderer Arbeiter mit Hilfe von einer Art Spinnrad einen sehr dünnen Kupferfaden um einen Draht, den er entfernt, sobald er eine bestimmte Länge gewickelt hat. Ein Lehrling nimmt mehrere von diesen Werkstücken, hält sie zwischen Daumen und Zeigefinger und schneidet daraus die Nadelköpfe; hierfür benutzt er eine Schere, die an einem Tisch befestigt ist. Nun werden die Nadelköpfe gesammelt und auf einen Klotz gelegt, auf dem die vorgefertigten Nadeln bereits liegen. Auf kleinen Ambossen, die sich auf den Klötzen befinden, setzen geschickte Arbeiter die Nadeln in die Köpfe hinein. In dem Amboss ist ein kleiner Schlitz, in dem die Köpfe befestigt werden. Zusammengepresst werden Nadeln und Köpfe von einer Kupfermasse, die auf den Amboss fällt, welcher von einem Arbeiter mittels eines Pedals betätigt wird. Am Abend waren wir wieder zurück in Hagen.

[35] Altertümliche Bezeichnung für frisch umgepflügte Äcker.
[36] Etwa ein halber Liter, da Paillot wohl in französischem Maß rechnet.

Hochamt in Boele, Hochzeit in Elberfeld, Ausflug nach Limburg

Mein Schwager hatte immer noch vor, nach Würzburg zu fahren. Am 28. Mai machte er sich auf den Weg, begleitet von dem Ritter de Mura, einem Kadetten, welcher der Gefangenschaft entkommen war; er wollte zu seiner Einheit bei Frankfurt zurückkehren, nachdem er seinen Vater in Hagen besucht hatte.

Drei Tage danach, am 31. Mai, bekamen wir wider Erwarten Besuch von Herrn Fortuné de Gheugnies, dem Bruder von Amé und Herrn de Gheugnies. Er erzählte uns, dass er Herrn Dubuisson, meinen Schwiegervater, getroffen habe, und es gehe ihm gut. Dies überraschte uns sehr, denn wir konnten uns nicht vorstellen, wie dieses Treffen zustande gekommen sein konnte. Er erzählte weiter, dass er am 2. Mai ohne jeglichen Ausweis zwei Meilen von Wesel entfernt über den Rhein gesetzt habe; etwas Geld habe er dafür einem Fährmann geben müssen, der ihm zusätzlich einen Führer vermittelt habe, damit er nachts über Umwege an die Maas habe kommen können. Bei Venlo habe er zum ersten Mal angehalten. Er hätte siebzehn Meilen zurückgelegt, ohne zu trinken und zu essen. In dem Gasthaus habe er Leute gesehen, die in ihm einen zurückkehrenden Emigranten erkannt und ihm lange Beifall gespendet hätten. Herr Fortuné habe sich plötzlich in seiner kühnen Unternehmung bestärkt gefühlt und selbstsicherer seinen Weg fortgesetzt. Er sei über Roermond, Diest und Leuven gegangen, wo er sich die nationale Kokarde angesteckt habe. Da er bis zu diesem Zeitpunkt keinen Zwischenfall erlebt habe und darüber hinaus stolz auf seinen Erfolg in dem Wirtshaus gewesen sei, habe er sich nach Brüssel getraut, wo er in einer großen Gastwirtschaft übernachtet habe. Dort hätten fünf oder sechs brabantische Lehnsherren gesessen, die sich ganz offen gegen die französische Republik geäußert hätten. Keck habe er sich an ihren Tisch gesetzt. Sein Weg habe ihn weiter nach Mons geführt, wo er waghalsig genug gewesen sei, in Anwesenheit mehrerer Soldaten Wein zu trinken. Nach acht Tagen Marsch sei er endlich am Ziel in Péruwelz angekommen. Eine gute halbe Stunde sei vergangen, bis mein Schwiegervater sich von seiner Überraschung habe erholen können. Herr Fortuné sagte uns, dass unser Haus noch nicht verkauft worden sei und zurzeit von Houzé, einem Richter, besetzt worden sei. Unser Cousin blieb bis zu Fronleichnam bei uns.

Dieses Fest wird in Hagen nicht zelebriert, wahrscheinlich weil hier die Protestanten das Sagen haben und weil Fronleichnam ihre Religion missbilligt. Also gehen feierlich der Abt und seine Pfarrkinder in einer Prozession mit Bannern nach Boele, dem in der Gegend einzigen katholischen Dorf, in dem die Bauern die Sektierer Luther und Calvin nie leiden mochten. Gegen neun Uhr wurde das Hochamt gelesen, und dies geschah mit um so mehr Feierlichkeit, als viele emigrierte Pfarrer anwesend waren und nach französischem Brauch an den Zeremonien teilnahmen.

Nach dem Hochamt verließ die Prozession in genauer Ordnung die Kirche. Die verheirateten Männer, die jungen Männer mit ihrer Fahne, die Frauen und die Mädchen, alle waren je nach ihrer Klassenangehörigkeit in Zweierreihen aufgestellt. Mit dem Klerus sangen sie abwechselnd Hymnen und Lobgesänge. Acht Mädchen, in Schwarz gekleidet, mit Schürzen aus weißem Musselin und Blumen auf dem Kopf, trugen die heilige Maria. Über den Friedhof begab sich die Prozession auf eine Wiese; unter einer Eiche, wo ein Tabernakel aufgebaut worden war, legte man die Monstranz nieder. Gegenüber stand ein Altar, an dem der Abt von Hagen eine Predigt hielt. Das Volk, das auf der Wiese um ihn herum saß, erinnerte mich an die Bergpredigt. Nach der Predigt gab der Abt dreimal seinen Segen, und die Prozession setzte ihren Weg rund um das Dorf fort. Es wurde noch an drei Stationen angehalten, wo aber nicht mehr gepredigt wurde, sondern lediglich ein Diakon ein Evangelium sang. Als der Zug die Kirche wieder betrat, musste auch der Abt von Herdecke eine Predigt halten, so dass die Zeremonie sehr lange dauerte.

Anschließend gingen wir zum Mittagessen zu einem Bauern, der aus Barmherzigkeit einen Geistlichen aus unserem Bekanntenkreis beherbergte. Unterwegs sahen wir auf der Wiese, auf der die Prozession angehalten hatte, dass dort ein großer Tisch für fünfzig bis sechzig Personen aufgestellt worden war. Der Dorfabt hatte ihn decken lassen, weil er alle Geistlichen, die ihn begleitet hatten, sowie verschiedene Leute, unter anderem mehrere Protestanten, zum Essen einladen wollte. Katholiken und Protestanten leben zusammen, als würden sie demselben Glauben angehören, und sogar die Geistlichen besuchen einander unterschiedslos.

Nicht anders geht es bei einer Beerdigung. Aus welcher Glaubensrichtung auch immer, fast alle Einwohner nehmen daran teil. Die Leichenzüge spielen sich mit großem Pomp ab. Einmal haben wir bei der Beerdigung eines Kindes gesehen, dass achtundfünfzig Frauen, in Schwarz gekleidet und ein Stück groben Seidenstoffes sowie ein weißes Taschentuch in der Hand, dem Sarg folgten; alle Männer – es waren bestimmt ebenso viele – trugen einen schwarzen Mantel und am Hut einen Trauerflor.

Am 16. Juni heiratete unser Vermieter, Herr Fabricius, der vor einem Jahr seine Frau verloren hatte, eine schon bereits zweimal verwitwete Frau. Sie wohnte in Elberfeld, einer sechs Meilen von Hagen gelegenen Stadt. Vor ungefähr drei

Wochen war sie mit der Kutsche angekommen und bei unserem Vermieter eingezogen. Wir wussten überhaupt nicht, wer sie war, bis uns eines Tages der Helfer des Arztes, der – nebenbei gesagt – auch mein Barbier ist, verriet, sie sei die Mätresse von Herrn Fabricius. Wir waren nicht wenig erstaunt, dass es in dieser Gegend Sitte war, dass die Frauen den Männern den Hof machen und zu ihnen kommen.

Am Tag vor der Hochzeit bat mich Herr Fabricius um mein Kabriolett. Er wollte nämlich in Elberfeld heiraten. Ich machte natürlich keine Schwierigkeiten. Mit seiner Schwägerin und seiner Braut brach er um zwei Uhr nachts auf. Gegen Mitternacht kamen alle zurück, ohne dass wir sie jedoch gehört hätten. Am Tage darauf, beim Aufstehen, waren wir sehr überrascht zu sehen, wie unsere Neuvermählte mit aufgeschürztem Unterrock damit beschäftigt war, zu scheuern und zu schrubben, in einem Wort: ihren neuen Haushalt zu machen, als hätte sie immer da gelebt. So vergingen fünf oder sechs Tage, ohne dass der Anschein eines Festes sich abzeichnete. Erst am Sonntagvormittag sahen wir, dass Gebäck gebacken wurde. Herr Fabricius lud uns zum Kaffee ein, der für drei Uhr vorgesehen war. Der Richter des Ortes, eine sehr ehrbare und angesehene Person, wurde mit seiner Nichte ebenfalls eingeladen. Um halb vier wurde der Kaffee aufgetragen. Er war allerdings sehr dünn, und wie die Deutschen nahmen wir sieben oder acht Tassen davon. Nach dem Kaffee aßen wir Kuchen und tranken Weißwein. An diesem Fest fanden meine Kinder mehr Vergnügen als wir: Meine Frau und ich konnten nicht die Sprache des Landes sprechen, und wir gaben wohl ein etwas trauriges Bild ab. So verlief diese Hochzeit, die sehr glanzvoll war.

Um den 20. Juni erfuhren wir von der Einnahme Luxemburgs durch die Republikaner. Zu dieser Zeit kehrten immer mehr Flüchtlinge aus dem Brabant und aus Lüttich zurück in ihre Heimat.

In diesen Tagen wurde meinem Onkel Baudry mitgeteilt, dass in Limburg[37], einem kleinen Marktflecken, durch den wir damals auf unserem Weg nach Iserlohn gefahren waren, eine große Angelpartie veranstaltet werde und dass Fisch billig und reichlich zu kaufen sein werde. Aufgrund dessen beschlossen wir, dorthin zu gehen. Uns begleitete Herr de la Croir, ein Domherr aus Evreux. Als wir in Limburg ankamen, fanden wir nicht die geringste Spur von der Angelpartie. Da wir nicht umsonst gekommen sein wollten, entschieden wir uns für die Besichtigung des Schlosses.[38] Es ist so vorteilhaft gelegen, dass es aus den umgebenden Bergen herauszuragen scheint. Die Aussicht löste in mir ein köstliches Vergnügen aus: Mehrere Flüsse schlängelten sich inmitten dieser Berge, und anmutige Weiler sorgten für eine angenehme Abwechslung in der Landschaft.

Der Domherr aus Evreux, den ich soeben erwähnt habe, war ein großzügiger Mensch. Obwohl er nur von Nachhilfestunden lebte – er brachte einigen Schülern Französisch bei – wollte er die Familie Baudry einladen, um sich dafür zu revanchieren, dass er manchmal bei ihr aß. Er nahm dafür seinen Namenstag zum Anlass; Johannes der Täufer war sein Schutzheiliger. Da er wusste, dass wir mit den Baudrys eng verbunden waren, lud er auch uns zu dem Fest ein, das bei dem Abt, der ihm eine Unterkunft gegeben hatte, stattfinden sollte. Bis jetzt hatten wir ihm keinerlei Gefallen erwiesen, und so wunderten wir uns sehr über die Einladung und schämten uns zugleich, mit so vielen Leuten bei einem armen Geistlichen zu essen. Einen besseren Empfang hatten wir jedoch noch nie erlebt.

Zwei Tage nach meiner Rückkehr nach Hagen, am 7. Juli, kam Schwager Dubuisson zurück. Gewiss hatte ich ihn erwartet, aber seine Ankunft war trotzdem eine angenehme Überraschung. Er erzählte uns alle Begebenheiten seiner Reise: Er war mit der Kutsche nach Frankfurt gefahren, wo er ein paar Tage verweilt hatte. Unterwegs, bei Nauheim, hatte er eine wunderschöne Saline gesehen, die sich über eine ganze Meile ausdehnte und für deren Ausbeutung das Holz eines ganzen Waldes nötig war. Der Fürst, der sie besaß, verdiente damit im Jahr über 300 000 Taler.

Drei oder vier Tage hatte er sich in Frankfurt aufgehalten, das sehr schön war und in dem der Handel blühte. In der Stadt waren Unmengen von Emigranten, von denen viele nur vom Spieltisch lebten oder mit Gold und Silber spekulierten. Die Protestanten waren hier vorherrschend, und ihre Kirchen waren wunderbar. Es gab auch viele Juden, die in den Gaststätten die Emigranten belästigten, indem sie immer wieder versuchten, ihnen Schmuck zu verkaufen.

Dubuissons' nächste Etappe war Würzburg gewesen. Dort waren ihm die Eleganz und die Sauberkeit eines Krankenhauses besonders aufgefallen sowie die hohe Qualität der Pflege, die den Kranken zuteilwurde. In der Stadt gab es ein herrliches Domkapitel. Die meisten Domherren waren keine Pfarrer, sondern sie lebten in der besten Gesellschaft. Aus ihren Reihen wurde der Bischof gewählt, der das Oberhaupt dieses Fürstentums war. Die Kirchen waren mit der größten Eleganz gebaut. Eine Meile von dort entfernt lag das Dorf Randersacker[39], in dem sich sein Cousin, der Hauptmann Thierry, niedergelassen hatte. Bei ihm war Dubuisson vierzehn Tage oder drei Wochen geblieben. Er hatte eine unbeschreibliche Freude empfunden, als er in dem Dorf seinen Freund, Herrn Bouchelet, getroffen hat.

---

[37] Gemeint ist Hohenlimburg, heute Stadtteil von Hagen.
[38] Schloss Hohenlimburg, mittelalterliche Höhenburg aus dem 13. Jahrhundert.
[39] Stadtrandgemeinde von Würzburg.

Über Wesel und Rees zurück Richtung Heimat

Am 17. Juli erhielt ich einen Brief von Herrn Dubuisson, meinem Schwiegervater: „Mein Teuerster", schrieb er, „ich erwarte Euch möglichst bald mit Eurem Schwager, seiner Frau und seinen Kindern. Der Zeitpunkt ist sehr günstig. Großmut, Gerechtigkeit und Menschlichkeit sind heute in Frankreich an der Tagesordnung. Man muss die Gelegenheit unverzüglich nutzen. Anbei lege ich eine Bescheinigung für Euren Schwager, die ihm nützlich sein könnte. Ich habe gehört, es empfehle sich, dass Ihr Euch eine Anmeldebestätigung für die Zeit, in der Ihr in Hagen gewohnt habt, besorgt sowie eine Bescheinigung, die bestätigt, dass weder Ihr noch Euer Schwager gegen die französische Republik zu den Waffen gegriffen haben. In aller Freiheit kehren die Emigranten nach Frankreich zurück, und die, denen ein Schaden zugefügt wurde, können eine Beschwerde beim Département einlegen. Ihnen wird auch Gerechtigkeit widerfahren. In aller Sicherheit und mit der größten Zuversicht könnt Ihr also Eure Rückkehr in Betracht ziehen. Solltet Ihr Geld für die Rückreise brauchen, verkauft die Wertsachen, von denen Ihr Euch die günstigste Einnahme versprecht. Gott möge Euch beschützen."

Diese unerwartete Nachricht verblüffte uns alle. Bei dem Gedanken, meine Heimat, meine Familie und meine Wohnung wiederzusehen, überkam mich ein Gefühl der Freude. Ich wusste natürlich von den Plünderungen und enormen Verlusten, die ich würde hinnehmen müssen, aber wieder in den Besitz dessen, was mir übriggeblieben war, zu kommen, war mir doch ein Trost. Diese Freude wurde schnell dadurch gedämpft, dass ich mit Entsetzen den Augenblick kommen sah, an dem ich den Rhein überqueren würde: Meine Papiere waren nicht in Ordnung. Trotz der Besorgnisse meiner Frau und meines Schwagers beschloss ich, alleine abzufahren, während sie in Hagen auf vorschriftsmäßige Pässe warten würden. Der Abschied von Onkel Baudry und seinen Tanten war herzzerreißend. Wir alle konnten nicht umhin zu weinen. Ich verbrachte den Samstag damit, die letzten Vorbereitungen zu treffen. Ich ließ mir die Papiere ausstellen, die mein Schwiegervater in seinem Brief erwähnt hatte.

Am folgenden Tag – wir hatten den 19. Juli – nahm ich Abschied von meiner Familie und vor allem von meiner Frau. Dabei entfesselte sich meine Phantasie, und ich konnte es nicht verhindern, mir Unglücksfälle vorzustellen, die sich beim Übersetzen über den Rhein oder bei meiner Ankunft in Condé ereignen könnten.

Meine Frau und meine Kinder würde ich sehr vermissen. Ich umarmte diese armen Unschuldigen. Jetzt hatte die Stunde der Trennung geschlagen. Onkel Baudry und Schwager Dubuisson begleiteten mich bis Herdecke. Am ersten Tag übernachtete ich anderthalb Meilen hinter Bochum. Am Tage danach, nachdem ich durch die kleine Stadt Steele gefahren war, erreichte ich gegen acht Uhr morgens Essen, wo mich Herr de Gheugnies gastlich aufnahm.

Am 21. verließ ich zusammen mit der Familie de Gheugnies Essen, und wir schlugen die Richtung Wesel und Rees ein. Wir mussten diesen Umweg machen, weil unsere Papiere nicht genug in Ordnung waren, um in Duisburg den Rhein zu überqueren, was sonst unser kürzester Weg gewesen wäre. Bei Rees dagegen würden nur vier Wachposten an der Grenze sein, von denen wir gehört hatten, dass sie sich gegen ein bescheidenes Trinkgeld etwas nachsichtiger zeigen würden. Abends waren wir in Wesel, wo wir in einer Gastwirtschaft am Fuß der Stadtmauer die Nacht verbrachten.

Nach dem Frühstück ging ich durch Wesel spazieren, dessen Befestigungsanlagen sehr schön sind. Sie sind mit Ulmen bepflanzt, die der Stadt ein hübsches Aussehen verleihen. Die Innenstadt ähnelt sehr der von Düsseldorf. Die Häuser sind gut und mit französischem Geschmack gebaut worden. Ich machte einen Halt vor der Karmelitenkirche, deren Architektur recht merkwürdig ist. Sie war sehr beeindruckend, aber die zu großzügig verwendeten Vergoldungen wirkten verwirrend. Ich hätte mir sehr gerne die Kirche der Protestanten, die Hauptkirche in der Stadt, deren Schiff sehr groß ist, von innen angeschaut, aber ich stand vor verschlossenen Türen. Ich ging auch über den Marktplatz. Die Fülle der Gemüse- und Obstsorten ließ mich nur bereuen, mich damals nicht in dieser Gegend niedergelassen zu haben.

Wir fuhren bald weiter und kamen am Rhein bei Bislich an, einem Dorf, das gegenüber Xanten am anderen Flussufer liegt. Wir machten uns etwas frisch und verließen das Dorf und fuhren am Rhein entlang bis Rees. Der Weg war wunderschön. Wenn ich auf das andere, von den Republikanern besetzte Ufer hinüberschaute, dachte ich daran, dass ich mich bald unter ihnen befinden würde, und grübelte über die Gefahren, denen ich, so glaubte ich, ausgesetzt sein würde. Meine Phantasie ließ mir keine Ruhe: Sie würden mich ins Gefängnis werfen und auf die Folter spannen. Tausend Hirngespinste gingen mir in dem Augenblick durch den Kopf.

Bei Platzregen gelangten wir zum Anleger und gingen an Bord. Die Strömung war stark, es goss wie aus Kübeln, der Himmel war leichenblass, mein Herz klopfte, ich hatte Angst. Die Nerven zum Zerreißen gespannt, starrte ich auf das andere Ufer, wo die Wachposten schon auf uns warteten. Es war so weit. Einem Soldaten reichte ich zitternd meinen Pass. Ohne überhaupt einen Blick auf ihn zu werfen, ließ er mich passieren. Unauffällig drückte ich ihm einen Taler in die Hand, während Herr de Gheugnies sich vor unnötigen Liebenswürdigkeiten überschlug. Wir waren zunächst erleichtert. Am Abend hielten wir anderthalb Meilen vor Marienbaum[40] an und übernachteten in einem Wirtshaus. Am 23. Juli, während wir das Dorf durchquerten, sahen wir in der Morgenröte die Trikolore.

Die Straßen bis Sonsbeck waren steil und schwierig. Wir machten eine Rast in diesem kleinen, anscheinend sehr alten Ort und gingen dann weiter über Kapellen, Geldern und Straelen, wo wir uns eine Unterkunft für die Nacht suchten.

Am 24. erreichten wir Venlo nach einem Weg von über drei Meilen durch Wälder und Heide. Bei Tegelen setzten wir auf einer Schiffsbrücke über die Maas. Abends waren wir schließlich in Buggenum[41]. Da wir uns den ganzen Tag ausruhen wollten, nutzte ich die Gelegenheit, mir Roermond anzusehen, das nur eine Meile davon entfernt ist. Es war eine Garnisonsstadt, und meine Augen konnten sich nicht so recht an all diese Soldaten gewöhnen. Auf dem Marktplatz besorgte ich mir die blauweißrote Kokarde, die mir, wie ich es hoffte, als Pass dienen würde.

Am 26. führte uns der Weg durch das Kempenland. Die Nacht brach langsam ein, als plötzlich mein Pferd an einem Waldrand stehen blieb und zu Boden fiel. Ich ging in den Wald hinein und lenkte meine Schritte zu einem kleinen Bauernhof, den ich von weitem erblickt hatte. Ich erklärte der Bäuerin, das mein Pferd erschöpft sei, und bat sie um eine Unterkunft. Stur verweigerte sie sie uns. Verzweifelt ging ich zum Karren zurück. Bruil, der seinerseits auch auf der Suche gewesen war, sagte uns, er habe eine Viertelmeile entfernt eine Wirtschaft gesehen. Mit großer Anstrengung gelang es uns, das Pferd mitzuschleppen. Inzwischen war es sehr spät geworden. Die Wirtin lehnte es jedoch ebenfalls ab, uns unterzubringen. Auf einmal schoss mir eine Idee durch den Kopf: Ich erklärte ihr, wir seien Emigranten. Bei diesen Worten nahm sie uns auf. Später vertraute sie mir an, sie habe sich überhaupt nicht über die Emigranten zu beklagen, aber wohl über die Republikaner, die meistens weggingen, ohne zu zahlen.

Am 27. fuhren wir durch Bocholt[42] und Grand-Brogel[43]. In beiden Orten konnte ich es nicht unterlassen, mir die Kirchen anzusehen. Ich staunte über deren Schönheit und Reichtum, zumal die Gegend arm war. Unser Pferd war immer noch nicht wieder ganz zu Kräften gekommen. Mehr schlecht als recht erreichten wir Peer[44]. Dort machte ich mich auf die Suche nach einem zusätzlichen Pferd mit Führer, ohne das es unmöglich wäre, nach Diest zu kommen. Ich fand auch beides für sechs Taler; das Futter musste ich allerdings selbst zahlen.

Am 28. Juli, um halb zehn morgens, hatten wir Diest[45] in Sicht. Zum ersten Mal seit langem hatte ich den Eindruck, die gute Luft der Heimat zu atmen. Mit Gefallen sah ich um mich herum die schönen, besser bestellten Felder, Obst-

und Ziergärten, herrlich gepflasterte Straßen, alles was man hier nicht sieht. Darüber hinaus würde ich mich bald unter den Meinen befinden: Ich war einfach glücklich. In Diest, nachdem ich Stadt und Kirche besichtigt hatte, trat ich in ein Wirtshaus zum Mittagessen ein. Das Essen schmeckte mir um so besser, als ich gutes Landbrot auf den Tisch bekam, dessen Geschmack ich fast vergessen hatte. Zufrieden fuhren wir nach Leuven weiter, wo wir ohne Schwierigkeiten übernachten konnten.

Am 29. setzten wir unsere Reise nach Brüssel fort. Unterwegs habe ich Hafer für mein Pferd kaufen wollen. Wir hielten an einem Bauernhof an, aber die Bäuerin ließ mich wissen, dass sie keinen Hafer verkaufe. Daraufhin griff ich auf das bereits erprobte Mittel zurück und sagte ihr also, dass ich ein Emigrant sei. Sofort verschafften mir diese Worte Zutritt zu ihrem Haus. Nachdem sie die Tür hinter sich zugeschlossen hatte, erklärte sie mir, sie habe Angst, an Republikaner zu verkaufen; mir gab sie alles, worum ich sie bat.

Nach Brüssel, Hal und Soignies kamen wir endlich am 30. Juli in Mons an, wo mein Schwager, Herr de Florempret, und eine Bekannte, Frau Rombise, wohnten. Da der erste nicht zu Hause war, ging ich zu meiner Bekannten, die mich sehr herzlich empfing. Sie bestand sogar darauf, dass ich bei ihr übernachtete, aber ich war so dreckig, dass ich höflich, aber mit aller Entschiedenheit ablehnte. Am folgenden Tag traf ich mich mit Herrn de Florempret, der, nachdem er von meiner Ankunft in Mons benachrichtigt worden war, sofort aus seinem Landhaus zurückgekehrt war. Wir hatten einander so viele Sachen zu erzählen!

Damit verging auch der Vormittag, aber dann fuhr ich nach Péruwelz, wo ich nach Einbruch der Nacht eintraf. Ich klopfte an die Tür des alten, stillen Hauses. Von meiner Ankunft in Kenntnis gesetzt, steht mein Schwiegervater sofort auf. Er öffnet die Tür. Zunächst verschlägt ihm die Rührung die Sprache, dann kommen ihm die Tränen in die Augen. Die Hausdiener sind mittlerweile ebenfalls aufgestanden und stehen im Kreis um mich herum. Die Fragen nahmen kein Ende, und so zog sich mein Bericht bis tief in die Nacht hinein.

[40] Heute Stadtteil von Xanten.
[41] Heute Stadtteil von Venlo.
[42] Bocholt in Belgien, Provinz Limburg.
[43] Grote-Brogel in Belgien, Provinz Limburg.
[44] Stadt in Belgien, Provinz Limburg.
[45] Gemeinde in flämisch Brabant, Belgien.

Wieder zu Hause

Am Tage danach, dem 1. August, riet mir mein Schwiegervater, unverzüglich nach Condé zu fahren. Diesen Rat nahm ich gerne an. Um zehn Uhr brachen wir zusammen auf, und anderthalb Stunden später waren wir endlich in Condé, wo ich zuversichtlich eintraf.

Als der Verwaltungsangestellte mich sah, zeigte er eine offensichtliche Freude, sagte mir aber, er müsse mich zuerst zum Ortskommandanten führen lassen. Die Wache, die mich begleitete, beglückwünschte mich zu meiner Rückkehr. Viele Leute, denen wir unterwegs begegneten, verhielten sich ebenso, was mir eine echte Freude bereitete. Als ich dem Kommandanten vorgeführt wurde, erklärte er mir, es gehe ihn nichts an, für diese Sache sei der Stadtrat zuständig. Infolgedessen wurde ich dorthin geleitet. Der Stadtbevollmächtigte schickte mich zurück zum Kommandanten, der sich noch einmal für nicht zuständig erklärte und mich erneut an den Stadtrat verwies. Nach ewigem Hin und Her geruhte der Rat, sich meine Papiere anzusehen. Nach der Überprüfung sagte er mir, er habe im Augenblick keine Zeit, über die Sache zu beraten, dies werde erst ab vier Uhr möglich sein; bis zu diesem Zeitpunkt müsse ich entweder unter Arrest bleiben oder eine Person nennen, die für mich bürgen könnte. Ich schlug den Bürger Blanchard vor, den man auf der Stelle holen ließ. Als er in den Sitzungssaal eintrat, antwortete er dem Vorsitzenden auf die Frage, ob er damit einverstanden sei: „Wer würde nicht für den Bürger Paillot bürgen!"

Ich stand nun auf freiem Fuße und konnte es nicht erwarten, meine Freunde zu begrüßen. Jeder feierte mich und bot mir seine Gastfreundschaft an. Ich entschied mich für Herrn Charles Demoulin, dessen Haus etwas abgelegen stand. Herr Demoulin verkörperte in meinen Augen alles, was Freundschaft an Zuvorkommenheit und Feinfühligkeit zu bieten hat. Mir war es aber unerträglich, einen Fremden, den Richter Houzé, einen Mann, dem ich damals Gutes getan hatte, unberechtigt in meinem Haus zu wissen. Ich konnte es nicht akzeptieren.

Der Stadtrat fasste schließlich den Beschluss, meine Angelegenheit dem Bezirksgericht in Valenciennes zu übergeben. Ich wurde aufgefordert, mich am folgenden Tag unter dem Geleit eines Gendarms dorthin zu begeben. Noch nie ist ein Gendarm so sachte mit jemandem umgegangen. Wir verabredeten uns bei der Witwe Alexis, einer in Valenciennes renommierten Wirtschaft, und während er bei ein paar Schoppen geduldig auf mich wartete, ging ich meiner Sache nach.

Ich wusste nicht so genau, was ich bei der Sitzung sagen sollte. Meine Freunde hatten mir geraten, ein schriftliches Gesuch einzureichen. Zu diesem Zweck ging ich zu einem Bekannten, Herrn Blasseau, einem im Bezirk einflussreichen Mann. Er begleitete mich zum Gericht und diktierte es mir. Ich fand es so gut, dass ich fest überzeugt war, dass das Gericht mir Genugtuung geben würde.

Ich reichte mein Gesuch bei der Abendsitzung ein. Aber da ich nicht in der Frist, die das Gesetz vom 11. Januar festgelegt hatte, zurückgekehrt war, konnte das Gericht wegen mangelnder Rechtsbestimmungen in meiner Sache nicht entscheiden. Es beschloss, dass ich mich unter der Aufsicht des Stadtrats in Condé so lange aufhalten dürfe, bis das gesetzgebende Komitee in Paris über die Situation endgültig entschieden haben werde. Ich wartete nun in Condé auf den Ausgang meines Verfahrens. Ich ging in der Stadt spazieren und besuchte oft Freunde in Péruwelz.

Bald erließ der Rat der Stadt eine von der Bezirksverwaltung bestätigte Verordnung, nach welcher alle zurückgekehrten Emigranten, deren eingeleitetes Gerichtsverfahren noch unerledigt sei, zweimal in der Dekade im Rathaus vorstellig werden müssten; außerdem dürften sie die Stadt nicht mehr verlassen. Ich bekam jedoch eine Sondergenehmigung für den 6. September, den Tag des Dorffestes in Péruwelz, an dem ich meinen Schwiegervater zu besuchen wünschte.

Gegen acht Uhr abends standen wir auf dem Marktplatz und schauten uns den Rummel an, als wir plötzlich bemerkten, wie ein kleiner deutscher Karren auf uns zukam. Er brachte meine Frau, meinen Schwager und die Kinder zurück. Vor lauter Freude blieben wir regungslos stehen, wie vor den Kopf geschlagen. Schwager Dubuisson erzählte uns, dass er von seinem Geld zwei Pferde für vierundzwanzig Louisdors gekauft habe. Schließlich hätten sie sich von der Familie meines Onkels Baudry verabschiedet, die zwar gesund, jedoch verzweifelt gewesen sei, und sie wären am 26. August aufgebrochen.

Einige Tage nach ihrer Ankunft hatten nicht wohlgesinnte Leute aus Péruwelz mit Korn beladene Wagen geplündert, die unter dem Geleitschutz republikanischer Soldaten gestanden hatten. Dabei verschwanden hundertachtzehn Säcke Getreide, die für die Bevölkerung von Valenciennes bestimmt waren. Manche Personen, die ihre Feindseligkeit gegen die Emigranten nicht verbargen, verbreiteten das Gerücht, diese seien in die Tat verwickelt gewesen.

Als ich an einem Sonntag mit meinem Schwager bei Herrn Castiau war, meinte ein Freund aus Condé, es sei ratsamer, dass meine Frau an dem Abend nicht in Péruwelz bleibe, weil die Nationalgarde der benachbarten Städte mit Kanonen im Anmarsch auf Péruwelz sei. Sie käme, um Schrecken zu verbreiten und die Schuldigen zu verhaften. Wir verbrachten zwei Nächte bei Herrn Castiau. Als die Lage sich ein wenig entspannt hatte, traute sich meine Frau nach Péruwelz zurück. Sie erfuhr, dass die Soldaten eine Sondersteuer erhoben hatten, die dem Doppelten des Wertes der Beute entsprach. Von ihr betroffen waren die zwölf Stadtbürger, die sowieso schon die meisten Steuern zahlten.

Immer noch ergebnislos waren bis jetzt alle meine Bemühungen geblieben, die Löschung meiner Eintragung im Emigrantenregister und die Wiederinbesitznahme meines Hauses zu erzielen. Der Richter Houzé, der an meinem Haus wohl Gefallen fand, hatte nicht tatenlos zugesehen. Er hatte beim Bezirksgericht interveniert und sich auf die geltenden Gesetze berufen.

Eines Tages erfuhr ich, dass Herrn Crappe und Herrn Pureur in einer ähnlichen Angelegenheit vorübergehend Genugtuung gegeben worden war. Sie hatten sich auf einen Erlass vom 20. September 1795 berufen, der die von dem Gesetz vom 11. Januar desselben Jahres festgelegten Fristen verlängerte. Daraufhin versuchte ich sofort mein Glück beim Gericht. Die sechste Kammer nahm mein Verfahren wieder auf. Der Vorsitzende dieser Kammer war der Bürger Lanois, den ich kannte. Aber aus Zeitgründen – er war woanders beschäftigt – musste er einem Kollegen, dem Bürger Poirier, meine Akte übergeben. Für mich war das ein schlechter Tausch. Auch eine Einladung zu der Witwe Alexis bewirkte nichts: Der Bürger Poirier ließ sich Burgunder und Champagner gut schmecken, blieb jedoch unbeugsam bei seiner hinterhältigen Ablehnung. Bald fehlte diese Formalität, bald jene.

Am Ende meiner Kräfte bat ich einen Gerichtsschreiber, sich unter irgendeiner Ausrede einen Zugang zu meinen Papieren zu verschaffen, die im Büro Poiriers lagen. Es gelang ihm auch, und nachdem er sie mir zurückgegeben hatte, ging ich mit Herrn Demoulin zu dem Bürger Lanois, der nach anfänglichen Schwierigkeiten seine Einwilligung zu einem Entscheidungsentwurf in meinem Sinne gab.

An dem Nachmittag war ich schon bei der Eröffnung der Sitzung im Gerichtssaal. Nach mehreren Stunden des bangen Wartens wurde über meine Sache verhandelt. Lanois' Entwurf wurde gelesen und noch einmal gelesen, und nach Beseitigung einiger Streitpunkte wurde ihm zugestimmt.

Mir blieb nur noch übrig, wieder in den Besitz meines Hauses zu kommen, in dem der Richter Houzé seine Sitzungen immer noch abhielt. Er wurde bitter überrascht, als die Kommissare ihm die Gerichtsentscheidung vorlasen. Nach dieser Entscheidung durfte er sich im Haus weiter aufhalten, jedoch nur in einem bestimmten Teil und nur vorübergehend; danach musste er das Haus räumen. Dann wurden die gerichtlichen Siegel entfernt und das Inventar aufgenommen.

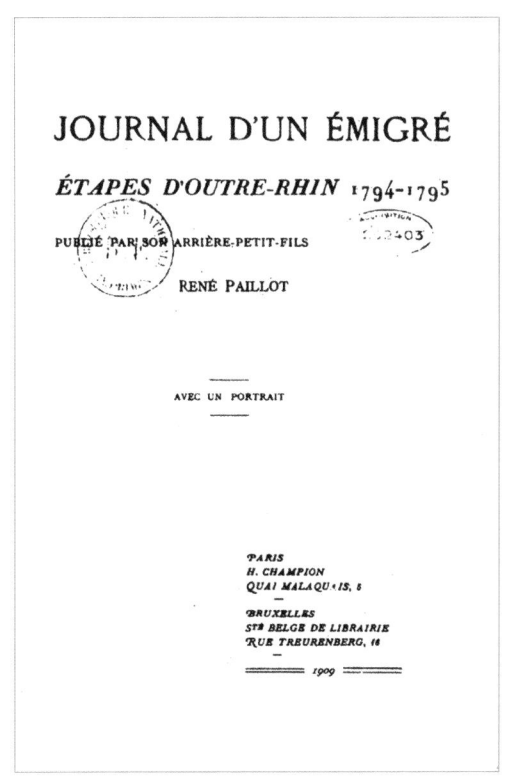

Pierre-Hippolyte-Léopold Paillot

Deckblatt des „Journal d'un émigré"

Wider Erwarten stellte ich mit Genugtuung fest, dass sich noch Möbel und Wertsachen im Haus befanden. Nur die Hälfte war verschwunden. Erst am Tage darauf wurde das Inventar der Waren in der Gerberei aufgenommen. An dem Tag teilte ich brieflich meiner Frau die gute Nachricht mit und bat sie, sofort nach Hause zu kommen, damit ich mit ihr mein Glück teilen konnte. Am 3. November kam sie endlich mit den Kindern an. Von da an nahm unser gemeinsames Leben wieder seinen normalen Lauf. Möge uns der liebe Gott vor weiteren Schicksalsschlägen bewahren. Amen!

Wie ich Monsieur Paillot fand
von Werner Boschmann

Die erste Spur von ihm hätte ich fest überlesen. Auf der Suche nach der Größe der Belegschaft einer Hamborner Zeche fand ich in der Stadtbibliothek Essen (das ist die Stadt, die bei ihm am schlechtesten wegkommt) den kleingedruckten Hinweis, dass ein Professor Meyer aus Wanne-Eickel in der „Monatsschrift der Vereinigten Stahlwerke AG", Ausgabe 7, 1927, etwas über „Das Bild des Ruhrbezirks vor 130 Jahren" geschrieben hätte, und zwar „nach den Aufzeichnungen des französischen Emigranten Paillot aus Condé". – Unser Ruhrgebiet Ende des 18. Jahrhunderts, zu einer Zeit, als im republikanischen Frankreich die Guillotine herrschte, gesehen durch die Augen eines unfreiwilligen Besuchers. – Reizvoll!

In den Regalen der Bochumer Universitätsbibliothek stieß ich in der „Monatsschrift der Vereinigten Stahlwerke AG", Ausgabe 7, 1927, auf zwei vergilbten Seite mit der Hinterlassenschaft von Professor Meyer. Der hatte das Tagebuch eines französischen Gerbermeisters namens Pierre-Hippolyte-Léopold Paillot gelesen, der 1794/95 in Düsseldorf, Dorsten, Hagen, Mülheim und Dortmund gewohnt, Duisburg und Essen beschrieben, Bottrop, Osterfeld und sogar Kirchhellen erwähnt und unseren Altvorderen ins Gesicht und auf die Finger geschaut hatte. – Welch eine Geschichte!

Allerdings gelang es mir auch unter Hinzuziehung diverser Bücherlisten nicht herauszufinden, woher der Professor sein Wissen – sprich: das Tagebuch von Monsieur Paillot – hergehabt haben könnte. Auch Personenregister einschlägiger Abhandlungen über die Französische Revolution und ihre Emigranten oder „Das Bild Westfalens in der Kritik des ausgehenden 18. Jahrhunderts" gaben nicht den kleinsten Fußnoten-Hinweis auf den gesuchten Gerbermeister aus Condé. Vielleicht war sein Tagebuch nie gedruckt worden? Vielleicht hatte Professor Meyer das Originalmanuskript irgendwie in die Hände bekommen, hatte es in einem Pariser Antiquariat unter einem Stapel alter Zeitungen entdeckt, blitzschnell dessen Wert für unsere Heimat erkannt und preiswert erstanden, vermachte es schließlich mit anderen Hinterlassenschaften dem Archiv seiner Heimatstadt. So etwas soll es ja geben. – Auf nach Wanne-Eickel!

Professor Meyer hätte es sicherlich nicht gefallen, dass seine Stadt am 1. Januar 1975 Teil von Herne wurde. Wahrscheinlich hätte er hierzu gesagt: „Die Herner, die haben doch noch nich ma ne richtige Kirmes." Und er würde mir garantiert zustimmen, dass die „Gebietsreform" in den 1970ern einfach nur blödes Zeug gewesen ist. – Dem Archiv war weder der einheimische Meyer noch der auswärtige Paillot bekannt. Und so endete meine Suche. – Leider!

Während der Fahrt von Wanne-Eickel zurück nach Bottrop grinste ich in mich hinein, weil meine Heimatstadt damals verschont geblieben war, nicht der nördlichste Stadtteil von Essen geworden war und nicht zu GlaBotKi. Zu Letzterem hätte Professor Meyer garantiert gesagt: „Schade! Mit GlaBotKi bekäme Wanne-Eickel nicht mehr die ganze Häme ab, wennet darum geht, dat Ruhrgebiet namentlich zu verkloppen." – Gut, dass es auch noch Castrop-Rauxel gibt!

Vielleicht war der Meyer ja wirklich in Paris gewesen. Wie ich 1973 mit der Ruhr-Uni. Und mit Werner Bergmann, der später in Bochum Professor für mittelalterliche Geschichte wurde. Wo man uns fast aus der Unterkunft geworfen hat, weil ich mit meinen langen Haaren schwer angeschickert im Bett poofte und die Heimleitung glaubte, ich wäre ein eingeschmuggeltes Mädchen. – Wir waren damals auch in der Bibliothèque national, einem Riesenkasten, gegen den die Uni-Bibliothek in Bochum klitzeklein ist. Die haben da ja alles gesammelt … Alles! Paillots Tagebuch? – Auf nach Paris!

Wer jemals mit Wälzern solchen Kalibers gearbeitet hat, der wird nachempfinden, was ich fühlte, als ich in Band 128 auf Seite 154 des Bücherkataloges der Bibliothèque nationale folgenden Eintrag fand:

Pierre-Hippolyte-Léopold Paillot, Journal d'un émigré, 1909 – herausgegeben von seinem Urenkel René Paillot in einer Auflage von 200 Exemplaren. Und in der Königlichen Bibliothek zu Brüssel gebe es eines davon. – Nix wie hin!

Und siehe da! Plötzlich ging alles wie von selbst: Fahrt nach Brüssel, und ich hatte Monsieur Paillots Tagebuch zum ersten Mal in Händen; Gespräch mit der Fernleihe der Bottroper Stadtbücherei, und zwei Wochen später verschlang ich eine Kopie des Exemplares no. 195 in nur einer Nacht.

Ich hatte das Ende der Spur gefunden, und da ich für diesen Fall schon von Beginn an daran gedacht hatte, dass niemand den Paillot besser übersetzen könnte als eben ein echter Franzose, so war Luc le Gall mein erster Ansprechpartner.

Das alles passierte im Jahre 1987. Damals war ich Lehrer am Josef-Albers-Gymnasium in Bottrop und Luc le Gall ein „Assistent", der ein Jahr lang Französisch unterrichtete (und außerdem ein begnadeter Fußballspieler war, durch den die Lehrermannschaft des „JAG" zum ersten und einzigen Mal die Stadtmeisterschaft der Bottroper Schulen gewann).

Warum ich mich in Paillots Tagebuch so verliebt habe? – Der Urenkel des Verfassers nennt die Gründe in seinem Vorwort: „Von diesen Memoiren kann man nicht erwarten, dass sie uns neue Erkenntnisse über die geheimsten Beweggründe des revolutionären Dramas liefern. Die Personen, von denen hier die Rede ist, waren nicht dessen Akteure, sie waren nur die Opfer. Ihre vertraulichen Mitteilungen sind wahrscheinlich nicht von sehr bedeutungsvollem Rang für die Erkenntnisse der Weltgeschichte ganz allgemein; aber da sie mit Gewissheit ehrlich sind, sind sie wertvoll. Darüber hinaus sind derartige Memoiren bekanntlich nicht reichlich vorhanden. Hals über Kopf verließ man damals sein Vaterland, wie ein Blatt vom Sturm verweht; aber wie wenige nur dachten daran, einem Tagebuch ihre intimen Eindrücke anzuvertrauen!"

Durch Paillot erhalten wir ehrliche, wertvolle Erkenntnisse über unsere Vorfahren. Mit den Augen eines Fremden blickt er auf eine Region, die sich zwei, drei Generationen später völlig gewandelt haben wird. Wir schauen auf unsere Wurzeln und können – mit einem feinen Lächeln – feststellen, dass das ganz Grundsätzliche unserer heutigen Mentalität – und hier meine ich nicht nur die Liebe zum Stielmus – schon vor 225 Jahren erkennbar war, ja, dass wir im Ruhrgebiet eine gewachsene Identität besitzen (die uns seit Jahrzehnten in Gänze abgesprochen wird).

Ein Satz René Paillots ging Werner Bergmann und mir besonders nahe: „Hals über Kopf verließ man damals sein Vaterland, wie ein Blatt vom Sturm verweht."

Was wurde aus unserem Freund Pierre-Hippolyte-Léopold nach seinem Besuch im Nirgendwo? Er musste, wie sein Urenkel im Nachwort schreibt, noch zweimal „das bittere Brot des Exils kosten". Nach einem Staatsstreich im September 1797 floh er mit seiner Familie in die Niederlande und verbrachte dort drei Jahre. Auch dort zog er von Ort zu Ort, seine Frau schenkte ihm einen Sohn. 1801 konnte er nach einem Erlass Kaiser Napoleon Bonapartes nach Condé zurückkehren. In seinem dritten und letzten Exil lebte er ein Jahr allein in der Fremde, getrennt von Familie, Verwandten und Freunden; ein Grund hierfür wird nicht genannt.

Paillots Urenkel endet mit: „Tröstlich jedoch ist es, dass unser Urgroßvater seine letzte Lebensspanne wieder in der Heimat verbringen konnte und ihm noch zu sehen erlaubt war, wie die Kinder seiner Kinder aufwuchsen."

Monsieur Paillot starb am 23. April 1815 in Condé.

Die Familie Paillot

Pierre-Hippolyte-Léopold Paillot	* 21. März 1759 in Condé (seit 1887 Condé-sur-l'Escaut/Condé an der Schelde); † 23. April 1815 in Condé; Kaufmann, Gerbermeister, Mitglied des Magistrats von Condé; Familienvorstand
Marie Angélique Joseph Paillot	* 14. Mai 1765 in Péruwelz; † 24. Januar 1831 in Péruwelz; geborene Debuisson; Ehefrau
Adèle Françoise Joseph	* 1788; † 1833; Tochter, 1. Kind
Victoire	* 1789; † 1851; Tochter, 2. Kind
Augustine	* 1791; † (?) nach 1832; Tochter, 3. Kind
Clothilde	* 1793; † 1794; Tochter, 4. Kind; sterbend in Condé zurückgelassen
Reine Barbe Joséphine	* 1794; † 1810; Tochter, 5. Kind; im Exil geboren
Hippolyte Louis François	* 1796; † 1864; Sohn; 6. Kind; im Exil geboren
Bernard Francois Debuisson	* 3. August 1767 in Péruwelz; † 13. März 1804 in Péruwelz; jüngerer Bruder der Ehefrau; bester Freund des Familienvorstandes
Louis Baudry	* (?) nach 1740; † 1799 in Duisburg; Onkel des Familienvorstandes; seit 1767 verheiratet mit Tante Augustine

Fluchtgefährten

Bruil und Saint-Jean; Diener des Hausvorstandes

Herr de Gheugnies, sein Bruder Amé und beider Schwester Fräulein Auguste

Fräulein Benoit; Freundin von Marie Angélique

Abt Cloet de Ruesnes und sein Neffe Melun des Ruesnes

Bei Paillot gebrauchte Münzbezeichnungen

Frankreich

Louisdor: Der „Goldene Ludwig"; seit Ludwig XIII. geprägte Goldmünze von etwa 7 bis 8 Gramm; entspricht im Wert am Ende des 18. Jahrhunderts etwa 25 Livres

Livre: frz. Pfund, ca. 400 Gramm Silber; vornehmlich Rechnungsmünze, die nicht ausgeprägt worden ist. Der Wert entspricht 20 Sous (am ehesten vergleichbar mit Schillingen oder Groschen), die als Münzen ausgeprägt werden.

Sou: Schilling/Groschen im Wert von 12 Derniers (Pfennigen)

Escalin: (Großschilling) im Wert von 24 Derniers (Pfennigen)

Vest Recklinghausen

Dort verbreitet sind klevische und Kölnische Münzen.

Rechnungsmünzen sind:

1 Reichstaler entspricht 60 Stüber oder 720 Pfennige.

Die realen Münzverhältnisse sind wie folgt: 1 Taler klevisch entspricht 60 Stüber. 1 Schilling entspricht 7 ½ Stüber. 1 Guter Groschen entspricht 2 ½ Stüber. 1 Stüber – Scheidemünze im Wert von 4 Pfennigen.

Die Angaben sind entnommen: J. C. Nelkenbrechers Taschenbuch der neuesten Münz-, Maaß- und Gewichtsverfassung aller Länder und Oerter …, 2. Auflage Prag, 1815.

Verzeichnis der Abbildungen

Seite 13: Benedict Anton Berger, Dortmund von der Südseite, 1804; Öl auf Leinwand. Inv.-Nr. D 23. © Mit freundlicher Genehmigung des Museums für Kunst und Kulturgeschichte Dortmund

Seite 19: aus Johannes Gigas, Neue Beschreibung des Erzbistums Kölns und seiner angrenzenden Gebiete. Der erste Atlas von Nordrhein-Westfalen. 7 Karten und 9 Stadtansichten aus dem Jahre 1620. Als Nachdruck herausgegeben, erläutert und kommentiert von Werner Bergmann

Seite 21: Düsseldorf, handkolorierter Kupferstich nach Friedrich Bernhard Werner, 1729

Seite 27: John Stockdale, A Plan of the City of Cologne, 1800

Seite 35, 37, 47, 51, 55: Matthäus Merian, Topographia Westphaliae, 1647

Seite 45: Johann Heinrich Bleuler, „Mülheim mit der Fähre und Schloß und Dorf Broich", um 1813. © Mit freundlicher Genehmigung des Stadtarchivs Mülheim an der Ruhr

Seite 59: Courier du Bas-Rhin, erste Seite der Ausgabe vom 3. Januar 1787. Quelle: https://gallica.bnf.fr/ark:/12148/bpt6k891258f

Seite 71: „Harkort's Geburtshaus auf Gut Harkorten in Westphalen. Nach einer Photographie." aus: „Die Gartenlaube", 1877

Seite 75: Iserlohn: Stadtansicht um 1750; Kupferstich von Johann Heinrich Giese

Seite 79: Karte der Limburger Mark, 1782

Seite 81: Johann Heinrich Bleuler der Ältere, Das Lennetal bei Limburg; entstanden zwischen 1805 und 1811

Seite 89: beide Abbildungen aus Pierre-Hippolyte-Léopold Paillot, Journal d'un émigré, hrg. von René Paillot, 1909

Literaturverzeichnis

Bette, L., Die Franzosen im Vest Recklinghausen, in: Gladbecker Blätter 1914, S. 50–53

Biskup, H., Schicksale französischer Emigranten zwischen Emscher und Lippe, in: Thormann, Franken und Franzosen im Vest 1773 bis 1813, S. 113f.

Boschmann, W. (Hg.), Pierre-Hippolyte-L. Paillot, Zuflucht Rhein/Ruhr. Tagebuch eines Emigranten, 1988

Feyerabend, E., Der Telegraph von Gauß und Weber im Werden der elektrischen Telegraphie, 1933

Geschichtswerkstatt Dortmund, (Hg.), Dortmunder Lesebuch. Vom Leben und Kämpfen damals und heute, 1984

Grab, W. (Hg.), Die Französische Revolution. Eine Dokumentation, 1973

Holz, W.K.B., Ein Jahrtausend Raum Hagen, 1947

Krämer, K. E., Das Ruhrgebiet in alten Städteansichten, 1980

Leson, W. (Hg.), So lebten sie an Ruhr und Emscher, 1979

Paillot, P.-H.-L., Journal d'un émigré, 1909

Puschmann, T., Handbuch der Geschichte der Medizin, 2. Band, 1. Teil, 1903

Roden, G. von, Geschichte der Stadt Duisburg, 2 Bde., 1972/1973

Schulte-Kemminghaus, K., Westfalen. Ansichten aus alter Zeit, 2. Aufl. 1962

Schusky, R., So aß man auf Schloß Rheda. Anweisungen an den Koch und tägliche Speisenfolge am Hofe Moritz Casimirs II. von Bentheim-Tecklenburg (1768–1805), in: Westf. Zeitschrift, Bd. 131/2, 1981/2. S. 209 ff.

Scotti, J. J., Gesetze und Verordnungen, 5 Bde., ab 1826

Terlunen, J., Chronik der Pfarrei St. Pankratius zu Osterfeld, hg. Cramer, H., 1995

Thormann, H.U. (Hg.), Franken und Franzosen im Vest 1773 bis 1813, 2010

Veddeler, P., Französische Emigranten in Westfalen 1792–1802, Veröffentlichungen der Staatlichen Archive des Landes NRW, Band 28, 1989

Veddeler, P., Französische Revolutionsflüchtlinge in Westfalen 1792–1802, Emigrationspolitik zwischen Vorurteil und Solidarität, in: Comparativ 5/6, 1997, S. 179–192

Vollmer, H. P., Handel, Industrie und Gewerbe in den ehemaligen Stiftsgebieten Essen und Werden, 1909

Weber, H., Coesfeld um 1800 – Erinnerungen des Abbé Baston, Beiträge zur Landes- und Volkskunde des Kreises Coesfeld 3, 2. Aufl. 1980

Weddigen, P. F., Westfälischer Nationalkalender, 1800

Nur Ruhrgebiet

Ruhrgebietchen · Was deine Kinder an dir lieben und was nicht

Friedhelm Wessel (Hg.) · Bor! · Das abenteuerliche Leben der Ruhrgebietler

Alexander Hüsing (Hg.) · Wann endlich grasen Einhörner an der Emscher · Startups im Ruhrgebiet

Dirk Hallenberger (Hg.) · Prominente Porträts · Das Ruhrgebiet in autobiografischen Texten (Bd 1. u. Bd. 2)

Wernfried Stabo · Sternkes inne Augen · Die schönsten Liebesgeschichten aus dem Ruhrgebiet

Michael Hüter · Stauträster Ruhr · Mit Lust über die Autobahnen des Ruhrgebiets

Heinz H. Menge · Mein lieber Kokoschinski! · Der Ruhrdialekt

Vorbilderbildbuch · Kleine Galerie der Menschlichkeit

Stefan Laurin · Versemmelt · Das Ruhrgebiet ist am Ende

Jürgen von Manger · Bleibense Mensch! · Träume, Reden und Gerede des Adolf Tegtmeier

Sigi Domke · Geißlein, Prinzen und ein kross gegrilltes Schaf · Grimm'sche Märchen zum Abrollen

Zepp Oberpichler · Chuck Berry over Bissingheim · Die wahre Geschichte des Rock and Roll (Buch/Hörbuch)

Werner Bergmann · Die Geschichte machen · Helden und Schurken im Ruhrgebiet von anno dazumal bis heute

Adolf Winkelmann · Ich sehe häufig Dinge, die es nicht gibt · Graphic Novel

Unsere Bücher erhalten Sie in jeder Buchhandlung. Sollte einmal eines nicht vorrätig sein, kann Ihr Buchhändler es kurzfristig beschaffen. Auf Wunsch senden wir Ihnen gerne unseren Gesamtprospekt und informieren regelmäßig über unser Angebot an Ruhrgebietsliteratur.
Verlag Henselowsky Boschmann · Postfach 10 02 31 · 46202 Bottrop
post@vonneruhr.de · www.vonneruhr.de